日本学ひろば 88話

京都産業大学名誉教授
モラロジー研究所客員教授
所 功

葛飾北斎（1760 ～ 1849）筆　『富嶽三十六景』神奈川沖浪裏（多色刷木版画）MaaYu／MEIBIS+ 提供

まえがき　―身近な「日本学」―

本書は、ホームページ「かんせいPLAZA」・『月刊朝礼』・月刊『歴史研究』に掲載してきた随筆を集成し『日本学ひろば88話』と名付けました。もし全88話の目次をご覧くださり、面白そうなテーマから自由に拾い読みしていただけたらありがたいのですが、まずキーワード「日本学」について少し説明を加え、「まえがき」に代えたいと思います。

新しい「令和」という画期的な新元号がスタートしてから、はや一年近く経ちました。その間にさまざまな儀式・行事が滞りなく執り行われ、多くの人々が天皇（皇室）を象徴として仰ぐ日本の在り方について思いを致す機会ともなったのではないでしょうか。

「日本学」とは何であろうか

しかも、まったく思いがけないことですが、令和元年（二〇一九）の十一月二十三日、一般社団法人「日本学基金」から「日本の伝統的な儀礼制度に関する深甚な研究」を選考理由として、第七回の「日本学賞」を授与されたことは、まさに望外の喜びと申すほかありません。その際「日本学」とは何か、あらためて考えることができました。同法人理事長の中西進博士は、次のように述べておられます（http://www.nihongaku.org/）。

> 日本は千年を超える歴史の中で、さまざまにすぐれた文化を築き、独特の文化圏としての価値を世界に認められてきました。しかし近年は、ややもするとグローバリズム一辺倒の中で、すぐれた日本文化の価値が見失われがちになっています。この現状に鑑み、いまこそわたしたちは、積極的に日本文化の美質を世界に示すべきでしょう。それぞれの国のローカリズムこそが、豊穣な現代文明のグローバリズム構築に役立つと信じます。（下略）

ここにいう「日本学」とは、「すぐれた日本文化の価値」を見失わないよう研究して「積極的に日本文化の美質を世界に示す」ような学問をさすものと思われます。（↓66話）

事実、「令和」元号の考案者と推測されている中西進博士自身、「令和」は、「麗しい和の精神」を意味し、それを「世界に広めていく」必要があると語っておられます。（↓76話）

中西進博士（90歳）から「日本学賞」を拝受（77歳）。令和元年11月23日、後藤真生氏撮影

日本学協会の「日本学」

ところで、私は六十余年前から「日本学」という言葉を、畏敬しながら身近なものと受

けとめてきました。その初めは、昭和三十三年（一九五八）高校二年（16歳）の夏、財団法人「日本学協会」主催の第五回鍛錬会に参加したからです。その協会の設立趣旨は、次のように記されています（http://www.nihongakukyokai.or.jp/）。

> 日本学は、日本および日本人を総合的に研究する学として、すでに古い伝統を有する。日本文化発展の過程において吸収された大陸文化・西欧文化の影響は、日本人の思惟および文化を極めて複雑多様ならしめた。
>
> 日本学はその多様性を歴史的現実として認めつつも、さらに一歩を進めて、日本固有の性格が外来文化の影響下にいかなる変容をうけ発展したかを、その時々の歴史的背景に着目しつつ日本文化の本質析出によって、今後の日本および日本人の独立性と発展の方向を見究め、かつ確立しようとする。（下略）

この冒頭に「日本学は……すでに古い伝統を有する」とありますが、それは江戸前期に日本的な学問（崎門《きもん》学・垂加《すいか》神道）を樹立した山崎闇斎《あんさい》の門人谷秦山《じんざん》が、元禄六年（一六九三）三十一歳で私塾を開く際に作った学則「私講牓諭《しこうのぼうゆ》」の中で、「いわゆる日本の学なるものは、即ちわが神聖相伝の道、君臣・父子の大倫、中国・夷狄《いてき》の厳弁（日本と外国の区別）に関繋す。……よろしく神儒並び進み、博詳兼学すべきのみ」と提示しています。

しかも、泰山が門下に講じた記録『保建大記打聞《うちぎき》』の中で、「吾も人も日本の人にて、道に志あるからは、日本の神道を主とすべし。その上に器量気根もあらば、西土《もろこし》の聖賢の書を読みて羽翼にするぞならば、上もないよき学なるべし」と説明しています。

すなわち、お互い日本人であれば、「日本の道（わが神聖相伝の道）を主とす」ること、その上に「西土（中国）の聖賢の道（君子・父子の大倫、中国・夷狄の厳弁）の書を読みて羽翼（飛躍の方法）にする」こと、総じて「神儒並び進み、博詳兼学すること」（古来の神道も外来の儒教も並行して博く詳しく兼習すること）が「日本の学」と考えられていたことになります。

それを承けて、中韓（東洋）だけでなく欧米（西洋）との関係が強くなった近現代には、さまざまの学問（思想）となり進展をとげてきました。

平泉澄博士〈明治28年(1895)～昭和59年(1984)〉の米寿祝賀に福井県勝山市平泉寺町の白山神社へ参上された稲川誠一教授〈昭和元年(1926)～同60年(1985)〉　昭和57年4月18日、橋本秀雄氏撮影

そのひとつは、戦前から谷泰山のような学問の流れを汲む伝統的な国史学者の平泉澄《きよし》博士によって主唱された「日本学」であり、戦後その同学有志により設立されたのが「日本学協会」にほかなりません。

国際日本文化研究センター流の「日本学」

もうひとつは、長らく西洋思想から日本思想まで探求してこられた哲学者の梅原猛《たけし》博士（国際日本文化研究センター初代所長）と上山春平博士（京都市立芸術大学長）との対談集『日本学事始』（昭和四十七年、小学館）に、次のような発言がみられます。

○梅原氏「古事記・日本書紀にメスを入れて、その実態を明らかにしよう。その方法で日本学を世界学的な背景とにらみながらやっていこう」

○上山氏「ギリシャ・ローマの古典学にはキリスト教がペアとして絡んでくるし、インドの古典学には仏教が、中国の古典学には道教が絡んでくる。……これがよじれあって日本の中に入っている。したがって……日本学―日本の古典学は相互によじれあった思想の絡まりとしてつかまえる世界学にならざるをえない」

この梅原氏に代表される国際日本文化研究センター流の人々は、欧米で盛んになったJapanology（日本研究）も活用しながら、日本の古典・伝統を主体的・総合的に解明し、それによって日本文化のもつ普遍性を世界に発信しようとしてきました。前述の「日本学基金」を設立し運用されている方々も、ほぼ同様の理想を共通しておられます。

このうち、前者（日本学協会）の学術面（藝林会の会誌編集と大会運営など）に長らく関わりながら、後者の人々の多彩な研究成果に学んできた私は、主として宮廷文化の史的研究を続けながら、その中核にある天皇（皇室）の文化史的意義を、学生や一般の人々に対しても可能な限り判り易く伝えることを心がけてきました。

「かんせいPLAZA」と『月刊朝礼』

そのために、京都産業大学を定年退職してから勤めているモラロジー研究所の若い有志の協力をえて、平成二十五年（二〇一三）春に立ち上げたのが、ホームページ「かんせいPLAZA」です（http://tokoroisao.jp/）。

ここにいう「かんせい」は、漢字を充てれば、感性・閑静・歓声・完成など、いろいろなイメージを含みますが、私どもの本旨は「汗青」という漢語に由来しています。「汗青」とは「青史」と同じく歴史を意味します。青竹の脂気を抜いて文字を記す書札にしたところから、転じて後世に永く伝えられる文書や史籍を指すようになったのです。

その著名な用例として、宋代の忠臣文天祥《ぶんてんしょう》（一二三六～八三）が「人の世、古より誰か死無からん。丹心《たんしん》（至誠）を留取して汗青を照らさん」と詠んでいます。これを教えてくださった大垣北高校の恩師稲川誠一先生は、昭和三十三年（一九五八）に準備して創立された「歴史同好会」の卒業生有志による勉学会を「汗青会」と名付けられました。私はその初代幹事ですから、それにちなんで「かんせい」をホームページ名としたのです。

この「かんせいPLAZA」には、近況報告を兼ねて雑多な情報を自由に載せていますが、そのなかに「日本学広場」という随筆欄を設けました。これは日常生活の中で私的に体験（見聞・実感）したことなどを通して、日本（社会・文化）の在り方などを具体的に考え論ずる試みです。それを身近な「日本学」と受けとめてもらえたら幸いです。

これが『月刊朝礼』編集部（コミニケ出版）の目にとまり、同誌に二頁（約一二〇〇字）のエッセイ連載を求められました。そこで、当初は「かんせいPLAZA」に書いた原稿の手直しを出していましたが、次第に『月刊朝礼』用として書くことが多くなり、満五年目の今に至っています。

このユニークな雑誌は、昭和五十九年（一九八四）春の創刊以来、「朝礼を社員教育の場に変え、誠実な人材を育成し、国や企業、家庭や個人の発展に尽力する」という基本理念を堅持しています（https://www.chourei.jp/）。その中身は、毎月一日一話のさりげない教訓に富む名文ですが、合間に拙稿「日本学広場」などが添えられ、編集には細心の工夫がこらされています。

『古希随想』を補う「喜寿余話」など

今回、コミニケ出版から刊行される本書は、上述「かんせいPLAZA」に七年前から書いた随筆のうち十八話、および『月刊朝礼』に五年間連載した六十回分のうち五十話、あわせて六十八話が中心です。

また、半世紀近く親交のある吉成勇氏（歴史研究会主幹）の好意により月刊『歴史研究』に連載した上で単行本化された『古希随想―歴史と共に七十年―』（平成二十四年三月、歴研刊）を補うために、同じく月刊『歴史研究』に掲載された「喜寿余話」六篇と同誌の巻頭随想「いま伝えたいこと」十四回分を抄出して付け加え、合計八十八話としました。

近年、「クール・ジャパン」のような企画が好評を博し、また大学にも「日本学」を冠するユニークな研究所や学部が続出しています。そのような「令和」の御代始めに、本書が身近な「日本学」を見直す手懸りとなることを念じてやみません。

〈付〉既刊『古希随想』は、序にかえて―大震災の教訓―、一　父・母と小・中・高の想い出、二　名古屋大学・院で学んだこと、三　皇學館大学に勤めて得たもの、四　文部省で教科書調査官のころ、五　京都産業大学に勤めて三十一年、六　國書逸文と宮廷儀式書の研究、七　日本文化研究所での共同研究、八　皇室関係問題との取り組み、九　有縁社会への奉仕活動、補　同齢盟友高橋紘氏を偲ぶ、付　略歴・著作目録から成る。その全容は http://tokoroisao.jp/ に転載したので、本書と併せてご覧いただきたい。

日本学広場 88話　目次

Ⅱ 『月刊朝礼』日本学広場より

揖斐川にいたというカッパ川太郎
平成 17 年 7 月 27 日。所京子画

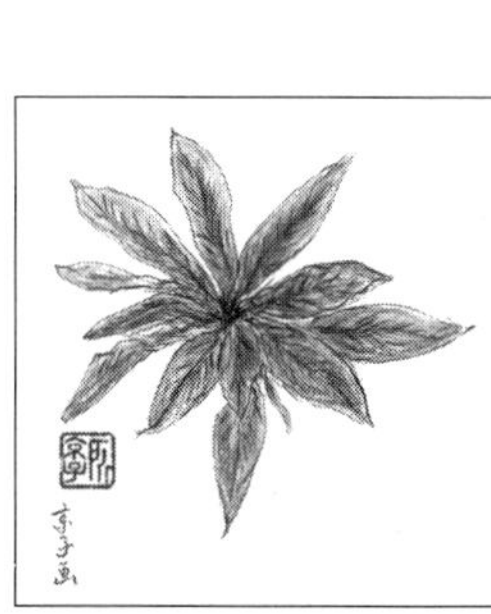

家内が随想集『ゆづりは』に描いた
挿絵「譲葉」 平成28年5月6日

Ⅲ 月刊『歴史研究』より

〈喜寿余話〉

JR 国府津駅から見える富士山
令和２年２月23日、所京子画

著書（単著・共著・編著・校注）目録

〈目次分類〉 Aは内容的に若干の重複もあるが、時系列の進行・変化を理解していただきたい。

A 皇室関係論……2・5・13・23・27・29・33・34・35・37・39・40・41・42・45・50・51・58・57・59・62・64・65・67・95・79・80・92・93・95・96・97

B 人物関係論……1・3・4・6・7・9・18・19・21・22・28・30・31・36・38・43・44・48・49・55・56・61・63・66・68・74・76・77・78・84・88

C その他の論……8・10・11・12・14・15・16・17・20・24・25・26・32・46・47・52・54・58・60・69・70・71・72・73・81

※本文中の年号＝元号や名称・役職などは掲載時のままとした。

Ⅰ かんせいPLAZAより

召集を受け出征当日の父所久雄（29歳）と母かなを（26歳）
と功（生後7カ月）。昭和17年7月25日
岐阜県揖斐郡小島村の自宅前。坪井写真館撮影

1　「日本のソフトパワー」再発見

平成二十五年（二〇一三）三月四日　記

昨年（平成二十四年）三月、京都産業大学を満七十歳で定年退職してからはや一年近くになる。同大学で奉職した三十一年間を振り返ると、いろいろ楽しい思い出が多い。しかし反面、辛いことも少くなかった。とくに今から二年前の平成二十三年（二〇一一）三月十一日午後二時四十六分に突発した、東日本大震災のショックは忘れ難い。

あの大震災はまさに未曾有の大惨事であり、被災された方々の悲しみ苦しみは、決して消えないであろう。ただ、あの時あの日からさまざまに発揮された日本人の思いやり助け合いは、「日本人の底力」といえるかもしれない。

それを直ちに示された最高のお手本が、今上陛下と皇后陛下の御活動である。その一端をまとめられた川島裕侍従長の貴重な手記「両陛下の祈り〈厄災からの一週間〉」「両陛下被災地訪問の祈り」（初出『文藝春秋』）が、最近『日本が震えた皇室の肉声』（文春ムック）に再掲された（のち同氏著『随行記』文藝春秋刊に収録）。

先般（二月二十三日）宝塚教養学校の公開講演会に招かれ、「日本人の底力再発見」という題で「皇室に学ぶ大切なこと」について話した。その際、植村和秀氏著『日本のソフトパワー‥本物の〈復興〉が世界を動かす』（昨年九月、創元社）も参考にした。

植村教授は、私より二十五歳も若い壮齢（46歳）だが、京都産業大学の法学部在職中に二十年近く色々のことを教えてもらった。欧米と日本の政治思想史などに精通する同氏は、構想のスケールが大きく、難しい問題を易しく解き明かす。

本書によれば、ソフトパワーとは「人間で言えば……人柄の魅力と信用のようなもので……国家ならば……文化や理想の政策などをひっくるめて、国柄の魅力や信用によって相手を動かすこと」である。その実践例が、奇しくも大震災で再発見された日本人の「思いやり助けあい」の底力にほかならないと思われる。

2　元正女帝も若返られた養老の「菊水」

平成二十五年（二〇一三）三月二十三日　記

昨年（平成二十四年）十一月、私は岐阜県養老町主催「養老改元一三〇〇年祭」（五年後の二〇一七年）に向けて制定された「養老の日」（十一月十七日）記念式典に招かれ、「元正《げんしょう》女帝と養老改元の画期的意義」と題する講演をさせていただいた。

その中で、養老山の麓《ふもと》には、滾《たぎ》るように勢い良く湧き出る「菊水」があることを聞かれた元正女帝（38歳）が、霊亀《れいき》三年（七一七）当時、多伎《たぎ》郡と称されていた当地へ、わざわざ奈良の都から行幸されたこと、その際「菊水」で顔や手を洗われたところ美しく若返ったと実感されて、まもなく年号を「養老」と改元され、翌年再び行幸しておられること、それほど若さを保ち老いを養うという由緒のある水が今も滾々《こんこん》と湧き出ている。だから、これを国内外へ大いにPRされたら良いのではないか、というようなことを話した。

※講演記録「元正女帝と養老改元」はホームページかんせいPLAZAに全文掲載。

すると、町役場の方から、既に以前から「養老霊泉」と名づけたものがあり、それをこのたび「菊水泉の水」という新名称のミネラルウォーターとして売り出すことになったと教えられ、ボトルを一本いただいた。そのラベルにはアルカイックな貴婦人（元正女帝のイメージ）が描かれており、まことに爽やかで美味しい。

しかも、驚いたことに、これを作っているのは、大垣北高十一期生（昭和三十五年三月卒）の日比野君が社長の会社である。ただ、彼は数年前、咽頭癌の手術をして、声が出ないという。ところが、最近（三月二十日）大垣で開いた「汗青会」に来てくれた彼から、毎年春分ころ、元正女帝の御陵（奈良市内の奈保山《なほやま》西陵）へ「養老霊泉」をお供えに詣っていると、付き添いの御令息から聞き、感心するほかなかった。

3　立春水を献上してきた武儀の「森水」

平成二十五年（二〇一三）三月二十五日　記

郷里岐阜の県歌に「岐阜は東の国、山の国」とある。それは「水の国」でもあることを意味する。美濃にも飛騨にも、水ゆかりの名所が多い。前回とりあげた養老は、その代表といえようが、武儀《むぎ》も養老に比肩する。

私は四十年ほど前から、飛鳥・奈良・平安時代の宮廷儀式・年中行事を主に研究してきた。そのひとつとして、毎年正月に「牟義都首《むぎつおびと》」が「立春水」を献上した行事に関心がある。この御用を務めたのは、美濃国武儀郡にいた名族であるが、なぜ当地から献上したのか、それはいつごろから行われていたのだろうか。

約一三〇〇年前、元正女帝が初めて養老へ行幸された時（七一七）、当地で奉迎雑事に馳《は》せ参《さん》じたのは、多伎郡の人々だけでなく「方県《やまかた》・務義《むぎ》二郡の百姓等」もいたことが『続《しょく》日本紀《にほんぎ》』に記されている。これは武儀一帯（中濃）に勢力をもっていた牟義都首が、古くより（記紀によれば四世紀初めころの景行天皇朝あたりから）、大和朝廷に良質の「醴泉《れいせん》」などを献納する実績をもっていたので、この時もわざわざ多伎（西濃）まで召し出されたものと考えられる。

事実、武儀地方は名水に恵まれている。とりわけ高賀《こうが》山系の麓《ふもと》に新宮神社（八幡町）・星宮神社（美並村）・滝神社（美濃市）・高賀神社（洞戸村）などがある。白山を開かれた泰澄《たいちょう》大師や、鉈彫《なたぼり》で知られる円空さんゆかりの伝承も多い。

このような地元の有志が、平成八年（一九九六）、円空さんの奉納和歌などの伝存する高賀神社の境内に御手水場として井戸を掘ったところ、その水が体に良いと好評を博した。そこで、村起こしのため、同十一年に奥長良川名水会社を設立して「高賀神水《しんすい》（のち森水《しんすい》）」の販売を始めたのである。

その社是は「水を飲むに井を掘りし人を忘れず」だという。そこには、千数百年前から朝廷に「立春の若水」を献納してきた先人の恩を忘れてはならない、という思いも含まれているのであろう。

ふるさと美濃には、揖斐《いび》・長良《ながら》・木曾の三川が流れ、その上流に養老や武儀だけでなく、いろいろな名水がある。たとえば、私の生まれ育った揖斐川町の市場には、南北朝時代、後光巌《ごこうごん》天皇の頓宮《とんぐう》（仮御所）となった瑞巌寺《ずいがんじ》を尋ねて来た関白の二条良基（一三二〇～八八）が、長旅の疲れで息絶えかけた時に、一口飲んで生き返った、と伝えられる「関白蘇生《そせい》の水」が、今も絶えず湧き出ている。

また郡上八幡《ぐじょうはちまん》には、戦国時代の武将で歌人としても著名な東常縁《とうのじょうえん》に『古今集』の秘伝を授けてもらうため訪ねてきた連歌師の飯尾宗祇《いいおそうぎ》（一四二一〜一五〇二）が、ここで別れの歌を詠み交わした、という「宗祇清水《しみず》」が今もあり、日本の名水百選に入っている。

4 「大切なことを学ぶ会」の済州島訪問

平成二十五年（二〇一三）十一月十日　記

この十月は、我ながら驚くほど忙しいが、えがたい機会にも恵まれ、感謝している。その一つが初めての韓国済州島《チェジュド》訪問である。これは十数年前から毎秋出講している「大切なことを学ぶ会」の代表向井征氏（77歳）から強く勧められたからである。

同氏は和歌山県で、長らくＪＣ（青年会議所）・ＢＳ（ボーイスカウト）・ＲＣ（ロータリークラブ）などの要職を歴任するのみならず、日本を再建するため、教育とりわけ徳育の再生に向けて、自ら為しうることを考え実践し続けておられる。

今回の済州島（道）訪問は、わずか二泊三日であったが、予期以上の成果がえられた。それは御世話役の向井さんが、約三十年前からＪＣ・ＢＳ・ＲＣの同島友人たちと親交を重ねてこられ（同氏は済州道の外国人名誉市民第一号）、同島の関係者も万全の受け入れ準備をされていたおかげである。

まず二十日（日）は、済州道文化財委員長の案内で、国史跡「三姓穴《さんせいけつ》」を訪ねた。当地の伝説によれば、ここは同島に耽羅《たんら》王国を創始した三神人が地中から湧き出てきた大きな穴である。そこへ東方の碧浪国《へきろう》（一説に日本）から五穀の種を持って来た三人の姫と結ばれ、同島の農業が発展するようになったという。

そこで、ここに三聖殿が建てられ、今も毎年四月と十月の十日に春秋の大祭が儒式で行われている。その展示室を見学し、特別に三聖殿を拝観させていただく。続いて広い民俗自然史博物館を見学して、漢拏山《ハルラサン》（標高一九五〇m、世界文化遺産）中心に広がる同島の来歴を俯瞰《ふかん》することができた。

ついで二十一日（月）は、午前中に済州高等学校（道立）、午後に済州大学校（国立）を訪ねた。高校は明治四十年（一九〇七）開校の実業名門校で、観光関係の六科三〇クラスがある。注目すべきは、同島の全高校が日本語を第二外国語としており、本校の観光外国語科には日本語専攻クラスがあり、志望者も多いという。

一方、済州大学校では、「日語日文学科」の主任教授に案内され、同校正門近くの「在日済州人センター」を見学した。このセンターは「在日済州人が故郷済州への愛と献身」により「在日韓国人の研究機関として二〇一一年設立された」という。

さらに二十二日は、韓国スカウト済州連盟の顧問など数名と共に、かつて『耽羅紀行』を著した故司馬遼太郎氏も愛好したという翰林公園や、西帰浦市の大侑ランドおよびオントの滝などを廻った。

しかし、このような観光はオプションであって、今回の主な目的は「大切なことを学ぶ会」を二十一日夕方から済州スカウト会館で開き、相互の理解を深めることである。そのため、私の基調講演は「自分の意見を率直に述べると共に、相手の意見を真剣に聞いて、お互いの長所を知り認め合う」ための縁《よすが》となることを願って、穏やかに話したつもりである。そして、それ自体は通訳のおかげで、大体理解され共感もえられたと思われる。

ところが、その直後、新聞にも論説を書いているほどの老紳士から、唐突に靖國神社や慰安婦の問題について「日本政府が謝罪しないのは許し難い」などと言い出された。これには黙っているわけにいかず、かなり詳しく反論したが、ほとんど聴く耳を持たないような対応であった。それにも拘わらず、夜遅くまで続いた懇親会では、打って変わって和やかに話しかけられた。本当は良く判っておられるのかもしれない。

ちなみに、私は文部省（現文部科学省）に社会科の教科書調査官として在任中の昭和五十四年（一九七九）、韓国文教部の国史編纂《さん》官と相互理解を深めるため、ソウルを訪ねた際にも、よく似た経験をしたことがある。

5　後桜町女帝二百年祭の御進講に寄せて

平成二十五年（二〇一三）十二月三十日　記

京都産業大学に奉職中、日本文化研究所の所長を三期九年（平成七年春〜十六年春）務めた私は、後半の共同研究として後桜町女帝の宸筆御記（直筆仮名書き日記）を学内外の有志と解読する月例会を続けたことがある。

また、この後桜町女帝（一七四〇〜一八一三）が崩御されてから二百年の式年祭を今年十二月二十四日迎えることにちなみ、七月十四日、京都産業大学の壬生《みぶ》ホール「むすびわざ館」で記念シンポジウムを開いた。

そこには、昭和四十四年（一九六九）の結婚以来、かつて伊勢と賀茂に奉仕された斎王（斎宮・斎院）関係和歌の研究を細々と続けてきた家内の所京子も参加していた。

すると、その数日後、宮内庁書陵部から家内あてに、後桜町女帝の御事績を御進講してほしいとの御依頼状が届いた。これには本人も私も、まさにビックリ仰天したが、研究者として無上の光栄な機縁に恵まれたと感謝し、謹んで引き受けることにした。

それ以来五カ月、本人は毎日やせる思いで（実際には殆どやせなかったが）準備に努力し、私も可能な限り協力した。とりわけ同女帝の御日記に最も精しい宍戸《ししど》忠男氏（國學院大學講師）等に何度も示教を仰いだ。

やがて当日の十三日、お迎えの車で参内し、吹上御苑内の御所応接間へ入り、付人《つきびと》の私はそこで待機した。やがて本人は別室へ赴き、天皇・皇后両陛下（皇太子・同妃殿下も御同席）の御前で、三十分ほど御進講申し上げ、三十分近く御下問を賜った由である。

詳しいことは口外を慎むが、両陛下も両殿下も御熱心に興味深くお聴き取り下されたと聞き、安堵の胸をなでおろした。ただ、御下問には即答し難いことが何項目もあったので、直ちに可能なかぎり精査して「奉答文」を纏め、書陵部を介して侍従職へ届けた。

それから十一日後の二十四日、皇居では天皇陛下みずから皇霊殿において「後桜町天皇二百年御式年祭」を執り行われた。一方、京都東山の泉涌寺《せんにゅうじ》境内にある月輪御陵では、勅使を迎えて二百年陵前祭が営まれ、家内も参拝させていただくことができた。

平成二十六年（二〇一四）四月十日　記

6　『日本年号史大事典』編纂こぼれ話

数年前から進めてきた共同研究の成果を、最近ようやく公刊することができた。それは、

「大化」から「平成」まで千三百年以上にわたり、日本で独自に作り全国で使われてきた二百四十七の公年号に関する史料と研究を集約した『日本年号史大事典』（A五判八〇八頁、雄山閣）である。

私は名古屋大学文学部の卒業論文で「延喜」改元（九〇一）を提唱した文人官吏・三善《みよし》清行《きよゆき》の伝記研究に取り組んで以来、年号制度史に関心をもち、昭和五十二年（一九七七）『日本の年号』という概説通史、また同六十三年『年号の歴史』という論文集成を著した（共に雄山閣）ことがある。しかし、全年号の総合的な研究は不可能に近い、と思っていたところ、幸い意外な協力者が次々と現れた。

その一人は、私が京都産業大学の日本文化研究所で始めた「後桜町女帝宸記研究会」に参加してくれた吉野健一氏である。彼は京大の修論以来、近世の年号研究をテーマとしている。もう一人は、私が同志社大学の文学研究科へ出講中に受講していた久禮旦雄《くれあさお》氏であり、彼は京産大で私の担当している講義を引き継いでいる。そこで、この二人と何度も協議を重ねて構想を練り、総論は私、各論は両氏が執筆することでスタートした。

ただ、年号史上、一番難しいのが南北朝時代に両方で立てられた年号である。また、年号の本家は中国であり、その周辺諸国でも断続的に年号を作り私的に使ってきたから、それも対比する必要がある。そこで、数年前『皇室事典』（角川学芸出版、平成二十一年刊）

の編集に協力してもらった数人のうち、京都造形芸術大学の五島邦治氏に前者を、またモラロジー研究所の橋本富太郎氏に後者の年表作成を依頼して、何とか今春ゴールインすることができた。本書の評価は、それを活用される方々に委ねるほかないが、私自身は若い有能な研究者の全面的な協力により、長年の夢を叶えられたことに深く感謝している。

7　モラロジー研究所における学び二題

平成二十六年（二〇一四）四月十一日　記

平成二十六年（二〇一四）度を迎えた。七十年住み慣れた郷里（岐阜県）から娘家族の近く（神奈川県）へ移り住んで三年目に入ったが、今のところ家内共々健康に恵まれ、毎週一回、千葉県柏市にあるモラロジー研究所に出ている。

その一　廣池千九郎博士の「三方よし」

このモラロジー研究所で四月一日（火）、年度初めの朝礼があった。そこで、廣池幹堂理事長から、二年後に学祖廣池千九郎《ちくろう》博士（一八六六〜一九三八）生誕一五〇年を迎えるに先立ち、研究所（公益財団法人）と学園（大学・高校・中学・幼稚園）で進行中の諸事業などについて、数百名の参会者を元気づける報告と説明があった。

その際に勧められたのが、三月にPHP研究所から出されたハンドブック『「三方《さんぽう》よし」の人間学』（文庫版二四〇ページ）である。これは副題に「廣池千九郎の教え一〇五選」というとおり、大正年間に身心とも苦難を体験し克服して「道徳科学」（モラロジー）を樹立した廣池博士が、論文や講演で説き示された教えを要約し、「道徳に生きる」「日々の心得・行動」「人との接し方」「処世術」「改善の方法」「事業の心得」という八章に分け、各項目二ページに纏めたものである。

そこに通底しているのは「より良く生きるための指針」であり、心から幸せと思える生き方をする叡智であるが、そのキーワードこそ「三方よし」にほかならない。

この「三方よし」という考え方は、江戸時代から近江商人などの経営理念であった。しかし、それを「自分よし、相手よし、世間よし」という的確な表現を用い、モラリッシュな人間の生き方として、昭和初年から説き始めたのは廣池博士である。それは彦根市の「三方よし研究所」でも公認されている（同所報「三方よし」三六号参照）。

その二　月例の「現代倫理道徳研究会」

モラロジー研究所では、毎月二回、専任・兼務メンバーによる研究会が開かれている。その新年度初回の「現代倫理道徳研究会」に出席した。口頭発表は、まず橋本富太郎研究員による「賀陽宮恒憲王《かやのみやつねのりおう》と廣池千九郎」、ついで犬飼孝夫主任研究員による「幸福論研究：国際幸福デーをめぐって」である。

このうち前者では、賀陽宮邦憲王《くにのりおう》（神宮祭主）の長男恒憲王（一九〇〇〜七八）が、昭和二十年（一九四五）三月十二日に陸軍大学校長として参内した際、一歳お若い昭和天皇に対して、早期終戦の聖断を進言されたこと、その背景に同十二年二月から翌年四月まで、賀陽宮邸に招かれ御進講に全力を注いでいた廣池千九郎の影響が認められること、この宮様が戦後臣籍降下されてから柏の廣池学園内に住まわれて、誠実な生涯を全うされたこと、などが一次史料により立証された。これは、戦前の宮家皇族、戦後の旧皇族に関する具体的な事例研究として、貴重な成果といえよう。

ついで後者の発表は、昨年国連が定めた「幸福の日」（三月二十日）に関する最新情報の紹介であり、「幸せとは何か」について考える有益な機会となった。しかも、それに関して研究顧問の服部英二先生（地球システム倫理学会会長）および伊東俊太郎先生（東大・麗澤大学名誉教授）から、鋭い質疑と懇切な助言が寄せられた。

ちなみに、モラロジー研究所は公益財団法人であり、社会教育活動を通じて一般的に知られているが、その研究部門の道徳科学研究センターは文部科学省から研究機関として公認され、アカデミックな研究活動に力を入れている。

8　柳田国男創案の靖國神社「みたま祭」

平成二十六年（二〇一四）七月二十五日　記

靖國神社は、近ごろ毎年八月十五日に注目される。しかし、当日は神社自体の祭礼日ではない（例大祭は四月と十月）。むしろ重要なのは七月十三日から十六日までの「みたま祭」である。最近は、若い男女や浴衣着の家族づれ、それに勤め帰りのサラリーマンも段々に増え、大鳥居から拝殿まで身動きできないほど賑わう。

この「みたま祭」は昭和二十年（一九四五）の敗戦ショックとGHQの占領政策により参拝者が激減する状況下、戦闘で戦死された英霊だけでなく、空襲や原爆などで亡くなった全戦没者の「みたま」を慰めるために、同二十二年七月から始められたマツリである。

その経緯は、数年前（平成十九年）簡略な紹介「みたま祭の来歴と意義」が社報『やすくに』六二四号に、また詳細な論考「靖國神社みたま祭の成立と発展」が『明治聖徳記念学会紀要』四四号に掲載（後者はネット上に公開）されている。

これを調べながら感心したのは、民俗学者柳田国男翁の働きである。大戦末期に古希を迎えた翁は、戦没者の「記念（追憶）を永く保つこと、その志を継ぐこと、及び後々の祭を怠ろにすること」を広く再認識してもらうため、名著『先祖の話』を書き上げられた。

しかも、翌二十一年七月から「靖國文化講座」で「氏神ト氏子ニ就テ」連続講義を行い、養子先の柳田氏出身地（長野県飯田市）から申し出た靖國神社への盆踊奉納を活かして、翌年から「みたま祭」を始める仲立ちをされたのである。

この新しい祭が六十数年経て、今では千代田区民の代表的な夏祭ともなっている。しかも、参道両側に並び立つ献灯の奉納者は、まさに全国に及ぶ。また各界の有志が揮毫した雪洞《ぼんぼり》も個性豊かな作品が多い。

ちなみに、私は崇敬者総代の一人として毎年下手な字で何か書かなければならない。今回は昭憲皇太后（一八四九～一九一四）の百年祭にちなみ、御集の中から見出した次の一首（日露戦争翌春「靖國神社にまうでて」の御詠）に感銘を覚え、謹書して奉納した。

神がきに涙たむけて拝むらし　かへるをまちし親も妻子も

9　京都新聞「教育社会賞」の受賞を機に

平成二十六年（二〇一四）十二月五日　記

数日前、京都新聞社において毎年選考される同新聞大賞のうち、思いがけないことに私が「教育社会賞」の対象に選ばれ、その贈呈式に参列してきた。

私は昭和五十六年（一九八一）春から定年まで三十一年間、京都産業大学に奉職したが、京都のために役立つようなことは殆ど為しえていない。それにも拘わらず、「長年にわたり京都を中心とした研究で京都文化の発展・発信に寄与」「京都文化を取り上げた授業を多数開講して多くの優れた学生を育成」したことなどを理由として表彰されたことは、まことに恐縮するほかない。この受贈に感謝しながら、今後わずかでも京都に御恩返しを心掛け微力を尽くしたい。

その午後、家内と共に南禅寺境外塔頭《たっちゅう》の「光雲寺《こううんじ》」を訪ねた。同寺は江戸初期、大坂の四天王寺近くより当地へ還されてから、後水尾天皇の中宮（皇后）であられた東福門院《とうふくもんいん》（徳川秀忠と江《ごう》の娘和子《まさこ》）が深く帰依し菩提寺とされた。その御縁により、女院の崩御（一六七八）直後、精巧な木像が造られ、それが本堂に祀り続けられている。

この東福門院像に被せられている宝冠は、後桜町女帝の御即位式（一七六三）に際して新たに造られた「宝冠」のモデルとされたことが柳原紀光《やなぎはらもとみつ》（一七四六～一八〇〇）の日記に明記されている。そこで、十数年前から京都産大（日本文化研究所）の人々と同女帝の宸筆御記を解読してきた私は、このモデルを確かめたかったのである。

幸い当日は、田中寛洲住職が自ら懇切に御案内賜り、内々に本堂の壇上で尊像を間近に見せてくださった。そのお蔭で宝冠の側面も髪型も着色の衣服も熟覧することができた。

翌日は、ＪＲ丹波口近くにある京産大の「むすびわざ館」で催された退職教職員と現役教職員との交流懇親会に出席。ついで、しばらく辞退していた読売テレビ（大阪）「そこまで言って委員会」に出演。両方とも懐かしい人々に再会でき、元気に出歩けられる健康のありがたさをかみしめている。

10　吉田松陰の伝える「神を拝む心」

平成二十七年（二〇一五）三月十日　記

三年前から住んでいる小田原市のＪＲ国府津《こうづ》に「菅原神社」がある。ここは童歌《わらべうた》「通りゃんせ」の発祥地といわれている。

この童歌の「行きはよいよい、帰りは怖い」というのは何を意味するのだろうか。木俣《きまた》修氏の『わらべ唄歳時記』によれば、「七つのお祝いにお礼を納めに参ります」といえば、往来手形がなくても関所を通してもらえたが、帰りは容易に通行を許されなかった庶民の哀歌だという。

ただ一般に「こわい」とは、方言で「難儀して骨が折れ辛い」ことだから、宮参りの時も行きは楽だが、帰りは疲れて苦しい、という意味だろうと解されている。しかし私は、どんなお参りであれ、神々に御加護をお願いに行く際、純真な気持で拝まないと、帰りに（後で）怖い目にあうよ、という道歌（教訓）ではないかと考えている。

それはともあれ、今年の大河ドラマ『花燃ゆ』のヒロインは、吉田松陰の妹「文《ふみ》」であり、井上真央さんの好演を毎週楽しみにしている。ただ、松陰には三人の妹があり、特に一番上（二歳下）の「千代」は松陰にとって重要な存在だったとみられる。

そこで、かねてより松陰から妹達（児玉千代・小田村寿《ひさ》・久坂文）に宛てた手紙や、松陰が読むことを勧めた女訓書に関心をもっていた私は、それを抄録して詳しい解説と補注などを加えた編著『松陰から妹達への遺訓』を勉誠出版より刊行することにした。

その一篇を紹介すると、たとえば、安政元年（一八五四）十二月三日の書簡では、「子供を育つる」心得三条のひとつ「神明を崇め尊ぶべし」に次のごとく記されている。

> 神前に詣でて柏《（拍）》手を打ち、立身出世を祈りたり長命富貴を祈りたりするは、大間違ひなり。神と申すものは、正直なる事を好み、また清浄なる事を好み給ふ。それ故、神を拝むには、まづ己が心を正直にし、また己が体を清浄にして、外に何の心もなく、ただ謹しみ拝むべし。これを誠の神信心と申すなり。その信心が積りゆけば、二六時

中、己の心が正直に、体が清浄になる。これを徳と申す。……信あれば徳ありといふ。

確かに「神を拝む」のは、現世的な立身出世や長命富貴を祈るためではない。このように、「何の心もなく（無心に）ただ拝む……信心」を毎日ひたすら続けていれば、おのずから「心が正直にて体が清浄になる」という「徳」（功徳）をいただけることに意義がある。それを判り易く示すために、松陰は末尾で「心だに誠の道に叶ひなば　祈らずとても神や守らん」という「菅丞相（道真）の御歌」（神詠）、および「神は正直の頭《こうべ》に舎《やど》る」という「俗語」を挙げている。

このような教えに学んできた私は、若いころから神前に参ると、まず感謝、ついで決意、さらに祈願の気持をこめる。すなわち、まず「これまでありがとうございました」（感謝）、ついで「こういうことをしたいと思います」（決意）、さらに「これからもよろしくお見守りください」（祈願）と唱えることにしている。

11　美濃出身の長原武と吉田松陰

平成二十七年（二〇一五）六月六日　記

先月、従兄弟の橋本秀雄君と、岐阜県垂井町追分の太田三郎翁（93歳）邸を訪ねた。垂井岩手出身の長原武《たけき》について教えていただくためである。

実はNHK大河ドラマ『花燃ゆ』に刺戟され、新年早々より『吉田松陰全集』（全十巻）を拾い読みしている。その間に、松陰から長原あての書簡が四通収められていること、また岩波書店版全集の月報「資料探訪記（五）」により、編纂委員の広瀬豊氏が昭和七年秋に東京本郷の「長原担氏」を訪ねて自筆の手紙などを書写し収録したことまで知り得た。しかし、現在それがどこにあるのか、戦後の大和書房版全集を見ても判らない。そこで、大垣市史元編纂室長の清水進氏に尋ねたところ「垂井の文化財」第二五集（平成十三年）所載の太田三郎論文「吉田松陰が讃えた偉大な長原武の人物像」のコピーをいただいた。

これによれば、その前年（平成十二年）、太田翁は東村山市在住の和田やうさん（武の長男孝太郎の娘、担の妹）に「長原武の書類箱」を見せてもらったが、「松陰から武宛に来た書簡は、東京国立博物館へ昭和四十八年に寄付されている」ために、残念ながら自筆書簡を見ることはできなかったという。

そこで、この記事を頼りに東京国立博物館へ調査を申請してみた。すると、幸い担当者が親切に探し出し、しかも四月末にその寄贈書籍をデジタルライブラリーに公開してくださった（http://webarchives.mm.jp/dlib/detail/）。

この長原武（一八二三〜六八）は、大垣藩兵学指南役の山本多右衛門から山鹿《やまが》流兵法を学び、まもなく江戸へ出て山鹿素水に入門した。その修行中の嘉永四年（一八五一）、上府して素水に入門した吉田松陰（武より七つ下の22歳）と親しく交わり、師の著『練兵説略』の序文を（おそらく本文も）同門の宮部鼎蔵《ていぞう》と三人で合作している。

このような関係から、嘉永六年（一八五三）、松陰（24歳）は大坂より伊勢の神宮に詣でてから江戸へ向かう途中、津で大垣藩士の野村藤蔭（斎藤拙堂の門人）に会い、四日市を経て桑名から揖斐川を舟でのぼり、今尾から歩いて大垣城下に至った。そこで、井上果斎（安積艮斎《あさかごんさい》の門人）と山本多右衛門（山鹿素水の門人）を急いで訪ね、呂久《ろく》の川渡を渡って美江寺《みえじ》に泊まった（五月十三日）。

これは長原が垂井へ帰っておれば会うためであった。しかし上府中と聞いたので、中山道に入り、太田で福寄某の官舎に泊まり漢詩を詠んだ。やがて二十五日、江戸において「長原武を訪ね」、「松を詠む近製一篇の録」を示し「長原雅兄に郢正《えいせい》（添削）を乞ふ」ている（『癸丑遊歴日録』、漢詩の扇面は長原家所蔵）。

また、安政二年（一八五五）二月、萩の野山獄《のやまのごく》に入っていた松陰（26歳）は、上府する久保清太郎（24歳）に対して、江戸で「（美）濃長原武」を訪ねるよう勧め、「その人となり善良謹厚にして兵学を好み候。かつ久しく都下に居候事故、……萬《よろず》御相談なされてよき人なり」と紹介している。

さらに同四年九月、その清太郎が萩へ帰る際、長原から『関ヶ原合戦記』の草稿を托されてきた。よって、それに添削を加えて返送する書簡の中に、近く上府する吉田栄太郎（稔麿《としまろ》）を「頗る志気ある故……何卒御門生の列に御加へ御教導頼み奉り候」と推薦し、また他の書簡でも義弟の久坂玄瑞や画家の松浦松洞および尾寺新之丞を在府の武に「志ある者」「僕の知己」等と紹介している。

12 吉田松陰から梁川星巌への献策

平成二十七年（二〇一五）六月六日 記

吉田松陰は、長原武や野村・井上・山本らとの交友により美濃と縁を結んだが、それだけではない。安政五年（一八五八）正月、養家吉田氏の先祖について調べ、『吉田家略叙』を纏めあげたが、その冒頭に何と次のごとく記している。

吉田氏、松野平介より出づ。平介の遠祖、けだし一条（天皇）朝の納言藤原行成《こうぜい》なり。……平介、右大臣平（織田）信長に仕へて、美濃の舟木・呂久《ろく》を領す。信長既に賊臣明智光秀に弑さるる所、平介陰《ひそか》に討賊の志を抱くも、事遂《と》げられざるを料《はか》り、京都総見院に於て自尽せり。

すなわち、吉田氏の先祖「松野平介」は、織田信長に殉じた忠義の武士であり、しかも美濃の大垣に近い「舟木・呂久」の領主だったという。五年前（嘉永六年）呂久を通った時は、このような由緒を未だ知らなかったのであろうが、調べてみると、平介の子重基が吉田を称し、孫の重賢が長州へ移り、曽孫の重矩以降、毛利藩に兵法指南として仕えた。その上、重矩の次男政之が杉政常の養子に入り、その杉家に生まれて吉田家に養子として入ったのが松陰である。まことに因縁が深い。

そこで、先日、大垣市立「奥の細道むすびの地記念館」において開催された霊山顕彰会《りょうぜん》岐阜県支部総会の記念講演「明治維新の再発見」では、まず上記のような吉田松陰と美濃との関係に触れてから、大垣（曽根）出身の梁川星巌《やながわせいがん》と松陰との関係に説き及んだ。

星巌（一七八九～一八五八）は、江戸で漢詩人として盛名を博した後、弘化三年（一八四六）から京都の鴨川端に居を構え、公家や上京志士たちと交流していた。嘉永六年（一八五三）十月一日、松陰（24歳）は、そこを初めて訪ねた際、星巌（45歳）から「今上《きんじょう》（孝明天皇）」が「天を敬ひ民を憐むこと、至誠より発し、（年中毎朝）鶏鳴に起きて……太平を致さんこと祈りたまふ」と聴いて深く感動し、あらためて「尊王攘夷」の志を深めている。

それ以後、松陰は安政元年（一八五四）米艦密航の夢成らず、野山獄と杉家に幽囚の身となってからも、星巌のもとに書簡を送り、萩から上京する若い同志などを紹介し、また彼等から天下の動静を探ろうとしていた。

さらに同五年（一八五八）、幕府から諸藩に対し、勅許がえられない「日米修好通商条約」の調印是非を下問中と聞き及んだ。そこで、五月十五日「対策」と「愚論」（意見書）を仕上げて星巌に送り、「何卒密《ひそか》に青雲遼廟の上（天朝）に達し候様」にと、仲介を懇請している。

しかも、松陰は五月二十八日、あらためて「続愚論」を書き上げ、六月二日、上京する中谷正亮に托して星巌のもとへ届けた。その内容は極めて雄大な建策であり、これ以降の日本近代化に重要な意味をもっている。

すなわち、従来のような「鎖国の説」は、一時しのぎにすぎない。今や「遠大の御大計」「万国航海仕り、智見を開き、富国強兵の大策」を立てなければならない。しかも、それには人材を育てるため、まず「京師に於て文武兼修の大学校を御造建になり」、皇族から庶民まで区別せず「天下の英雄豪傑をこの内へ集め候様」にしてほしい。

さらに、その費用は「諸宗の僧徒、また大坂その他富豪の者に献金させ」「将軍家・諸大名へも御手伝ひ仰せ付けられ」たらよい。とりわけ「航海」に優秀な人材を選び育て、近海から南アジアまで遣わすべきだ、などという具体的な提案までしている。

これらの意見書は、やがて星巌から公家を介し天朝に達した、との吉報が届いたようである。それを知った松陰は、大いに喜び、同五年十一月六日、「家厳君（父百合之助《ゆりのすけ》）／玉叔父（叔父玉木文之進）／家大兄（兄梅太郎）」の三人に宛てた書簡の中で、次のように伝えている。

さきに愚論数通を以て之れを梁川緯《い》（晩年の名孟緯《もうい》）に致す。緯ひそかに青雲の上を瀆《おか》して、けだし乙夜《いつや》の覧《らん》（天覧）を経たりといふ。一介の草莽《そうもう》（在野人）、区々の姓名（松陰の氏名）、聖天子（孝明天皇）の垂知を蒙むる、何の栄か之に加へん。

その上、翌六年十月二十日、処刑の七日前に記した、同じく三名あての書簡においても、「家祭には、私平生用ひ候硯《すずり》［十年余、著述を助けたる功臣なり］と、去年十（実は十一）月六日呈上仕り候書とを神主《しんしゅ》（霊牌）と成され候様に頼み奉り候」と遺言したのは、「愚論」数通が天覧に浴したことこそ、松陰にとって無上の光栄だったからであろう。その仲介をしたのが、美濃出身の「星巌老先生」にほかならない。

なお、このような人的関係を調べるにあたり、吉岡勲氏「吉田松陰と美濃」（初出昭和十八年、のち同氏著『恩師の道を仰いで』所収）、桐山悟氏「兵学者長原武について」（平成七年『垂井の文化財』第一九集）及び太田三郎氏の前掲論文などが頗る参考になった。各位の学恩に感謝したい。

〈付記〉松陰の「京師に大学校を興す」という構想は、最期を迎える安政六年（一八五九）十月二十日付の入江杉蔵（19歳）あて書簡に、より具体的な提案が記されている。すなわち、京都の鷹司《たかつかさ》家に仕える小林良典から聞いたところ、すでに弘化四年（一八四七）皇族・公家のために開設の「学習院」では、定日に「町人百姓」も聴講を認められている。

されば、この学習院に「天下有志の者の出席（居寮寄宿）」と「天下有用の書籍（古書も近書も）献上」を許し、また「尊攘の人物（高山彦九郎・蒲生君平《がもうくんぺい》・雨森芳州・魚屋八兵衛など）や「菅公・和気公・楠公・新田公・織田公・豊臣公、近来の諸君子に至るまで」、各々の「功徳次第に神牌を立つる」ことにより、ここを「尊攘堂の本山ともなる」ようにしてほしい、というのである。

この「尊攘堂」は、松下村塾に学んだ品川弥二郎が遺志を継ぎ、維新の志士たちの肖像や遺墨などを収集・保存する殿堂として、明治二十年（一八八七）建設された。それが、後に京都大学の構内（総合図書館の隣）へ移築されて現存する。その中に高杉晋作たちと共に長州で戦った美濃出身の所郁太郎《いくたろう》などの遺品も少し収蔵されている。

13　終戦当時の少年皇太子と疎開少女

平成二十七年（二〇一五）六月三十日　記

その一「新日本の建設」への強い決意

わが国が「支那《しな》事変」から「大東亜戦争」へと進み、昭和二十年（一九四五）の敗戦に至ったのは、苛酷な国際情勢下で不可避な道のりであったと思われる。その間に、昭和天皇がどれほど悩み苦しまれながら現実にどう対処されたかは、昨年完成した『昭和天皇実録』（東京書籍より刊行）にも詳しく記されている。

その現実を肌身で感じながら育たれた少年皇太子明仁《あきひと》親王（昭和八年十二月二十三日生まれ）は、「終戦の玉音放送」を奥日光の疎開先で拝聴した直後、東宮大夫の穂積重遠《しげとお》博士（東大名誉教授）から事情説明を受け、直ちに「新日本の建設」と題する作文を書いておられる（木下道雄『側近日誌』文藝春秋刊に引用）。

この中で、まず「今度の戦で……国民が忠義を尽くして一生懸命に戦ったことは感心なことでした」と振り返りながら、結果的に負けた原因は、「日本の国力が劣って居たためと、科学の力が及ばなかったため」であり、また「日本人が大正から昭和の初めにかけて、国の為よりも私事を思って自分勝手をしたため」と分析される。そして、今後日本が「どん底からはい上が」るには、「日本人が国体護持の精神を堅く守って、一致して働かなければならないと記され、「それも皆私の双肩にかゝってゐる」から、「どんな苦しさにもたへしのんで行けるだけのねばり強さを養ひ、……明治天皇のやうに皆から仰がれるやうになって、日本を導いて行かなければならない」と決意を示しておられる。

これが学習院初等科六年生であった少年皇太子（満11歳）の御見識である。ここに今上《きんじょう》（のち上皇）陛下の原点がある、と拝察して大過ないであろう。

その二　「愛と犠牲の不可分性」の深い認識

一方、皇后（のち上皇后）陛下（昭和九年十月二十日生まれ）は、大戦末期（10歳）に軽井沢へ疎開されていた。そこへ父上（正田英三郎氏）から届けられた「子供のために書かれた神話伝説の本」を「大変面白く読」まれた。その思い出が、後年（平成十年）国際児童図書評議会（ＩＢＢＹ）の大会に準備された基調講演の中で、次のように語られている（宮内庁ホームページ・ＮＨＫ出版『道』など所収）。

これは、今考えると、本当によい贈り物であったと思います。なぜなら、それから間もなく戦争が終わり、米軍の占領下に置かれた日本では、教育の方針が大巾に変わり、その後は歴史教育の中から、神話や伝説は全く削除されてしまったからです。……父がくれた神話伝説の本は、私に、個々の家族以外にも、民族の共通の祖先があることを教えたという意味で、私に一つの根っこのようなものを与えてくれました。

その上で「忘れられない話」として、倭建命《やまとたけるのみこと》のために相模《さがみ》湾（小田原の近く）で入水された弟橘姫命《おとたちばなひめのみこと》の言動をあげ、そこには「任務を分かち合うような、どこか意志的なものが感じられ……愛と犠牲という二つのものが、私の中で最も近いものとして、むしろ一つのものとして感じられ……現代にも通じる象徴性があるように感じられ」たといわれる。

このようなご所見は、神話を故意に否定し、犠牲を非難してきた俗論と全く次元の異なる、真摯なご認識を国の内外に堂々と示されたメッセージといえよう。

14　熊本の菊池神社と加藤神社に参拝

平成二十七年（二〇一五）八月十五日　記

私は昭和四十四年（一九六九）四月四日、大垣市の濃飛護国神社で結婚式を挙げたが、いわゆる新婚旅行をしていない。しかも、それ以来四十六年間、いろいろな事情により、揃って一泊以上の旅行をすることが殆どできなかった。

そこでこの八月、熊本県モラロジー協議会の講演会へ招かれた機会に、家内を連れて出かけた。それは女房（旧姓菊池）の遠祖が祀られる熊本県菊池市の菊池神社へ一緒に参拝したい、という念願を果たすためである。

この菊池神社は、元弘三年（一三三三）建武中興のために決起して壮烈な戦死をとげ、明治天皇から「誠忠臣分の模範」と称えられた武時《たけとき》を主祭神として、明治三年（一八七〇）に創建され、同十一年「別格官幣社《かんぺいしゃ》」に列格した名社である（のち大正十二年〈一九二三〉には武重・武光も合祀）。

その境内には、真夏のせいか参拝者が少なかったので、ゆったり参拝して、隣接の宝物館も存分に見学することができた。私は平泉澄《きよし》博士の『菊池勤王史』（初版昭和十六年）を高校の恩師に勧められ拝読して以来の感慨にひたったが、家内も祖父の和三郎（武輝《たけてる》）から伝え聞いた由緒を想い起こしながら感無量の面持ちであった。

翌八日（土）は、熊本市国際交流会館で「吉田松陰とその家族に学ぶ」と題する話をした。松陰先生が旅先や獄中から家族（両親・兄弟・姉妹）親族（伯父・従兄弟など）あてに出された手紙などを手懸りに、その深く強い絆（信頼互助関係）があればこそ、全国各地に遊学したり、幽因の身でも松下村塾などの教育に当たりえたのだと思われる。

その資料の一つにあげたのは、嘉永三年（一八五〇）初めて九州を歴訪した松陰（24歳）が、熊本で加藤清正を祀る廟に詣り奉った願文である。これは幼少時から声が出せず耳も聴こえない不憫な弟の敏三郎（6歳）のために、真心こめて祈ったものである。

同日午後、今回のシンポジウム実行委員長I氏に、本妙寺と加藤神社を案内していただいた。熊本城北西（中尾山上）の本妙寺（日蓮宗）には、元来（一六一一年）遺言により清正を埋葬した「浄池廟《じょうちびょう》」がある（そこへ間もなく本妙寺が移転してきた）。ここに立って松陰先生も参詣された往時を偲ぶことができた。

その浄池廟は、明治初年の神仏分離令により、神霊が熊本城内に遷され、やがて同四十二年（一九〇九）から現在の社地で「加藤神社」と改称され今に至っている。

この地元熊本では、加藤清正に親しみをこめて「清正公様《せいしょこさん》」と呼ぶ人が多いという。同社には、清正に殉死した近臣の大木兼能《かねよし》と金官（朝鮮より来日）も合祀されている。これも清正の人徳によるものといえよう。

平成二十五年（二〇一三）八月十五日　記

15　萩市立博物館と松陰神社「至誠館」

八月八日の午後、熊本を発ち、夕方、新幹線の新山口まで迎えに来てくださった、K氏

（京都産業大学卒業生の主人）の車で萩へ向かった。途中、椿八幡宮へ立ち寄り、その脇にある幕末の同宮祠官青山清と一族の集合墓にも詣ることができた。

この青山清（一八一五〜九一）は、文久三年（一八六三）十月、京都の粟田山において久坂玄瑞らと共に、初めて吉田松陰の神道式慰霊（招魂）祭を斎行している。また高杉晋作や山県・伊藤らと交流があり、慶応元年（一八六五）八月、下関に桜山招魂社を創建し、さらに同三年十一月、品川弥二郎らが密かに行った「錦の御旗」製作にも関与している。それのみならず、まもなく東京に出て、東京招魂社に勤め、明治十二年（一八七九）「靖國神社」と改称され別格官幣社となった同社の初代宮司を務めたことが、その末裔に連なる青山隆生氏（皇學館大学出身、日光東照宮元権宮司）の著書に詳述されている。

翌九日（日）は、朝早く萩市立博物館を訪ね、特別展「杉家の家族愛—兄松陰と妹文—」をじっくり拝見した。同館には、杉家から多数の貴重な資料が寄贈されており、松陰の書簡だけでも六十通近い。その全文を調査し撮影・解説した図録『吉田松陰の手紙』を編纂された主任学芸員から懇切な解説をいただいて、各々のもつ意味を学ぶことができた。

その午後、松陰神社境内の至誠館で特別展「吉田松陰が生まれた杉家とその家族—妹たちとの絆《きずな》—」を拝見した。ここには杉家の寄贈品だけでなく、松陰の長妹千代が嫁いだ児玉家から寄託された重要な資料なども数多く所蔵されている。

そのうち、千代が兄の松陰から送られた手紙を丁寧に貼り付けて繰り返し読んだという冊子状の書簡集や、松陰（30歳）が安政六年（一八五九）五月十四日、江戸送り直前に野山獄の中から三妹（千代・寿・文）に宛てた手紙（初公開）などは、まさに「妹たちとの絆」を示すもので、深い感銘を覚えた。

16　乃木神社の摂社「正松神社」

平成二十五年（二〇一三）八月十五日　記

八月十日（月）、熊本と萩を駆け足で廻った旅の疲れが残る朝、東京へ向かった。乃木会館で開かれる皇學館大学国史学科十期生のクラス会に出るためである。

彼らは昭和四十六年（一九七一）春の入学生で、私（29歳）が百名近い国史クラスの担任となり、四年間苦楽を共にした。しかも、同五十年春、彼らが卒業する時に、私（32歳）も退職して文部省の教科書調査官に転任したから、お互い同期生のような間柄である。

彼らは男女とも在学中ほとんど寮生であったから、卒業後も頗る仲が良い。特に熱心な世話役のおかげで、ほぼ三年ごとにクラス会を開き、その都度私も招かれる。特に今回は卒業四十年という節目で全国各地から多数参集した（既に五名他界）。私（73歳）も十歳程若い彼らも、四十年前にタイムスリップして、大学祭・研修旅行やゼミ・卒業論文などの想い出話に花を咲かせた。

この宴会に先立って、乃木神社の本殿に正式参拝の際、東脇にある摂社の「正松《せいしょう》神社」に初めて詣った。その祭神は、玉木正韞《まさかめ》（文之進）と吉田松陰（寅二郎）の二柱である。

その由緒は、松陰の叔父（父の弟）で玉木家を継いだ文之進が、松陰を学問的に厳しく鍛えたこと、松陰が文之進の息男毅甫《きほ》（彦介）に「士規七則」などを書き与えたこと、その彦介が元治二年（一八六五）俗論党に敗れて自決した（25歳）ので、乃木希典の実弟正《まさ》誼《よし》が玉木家を継いだこと、その正誼が松陰の姪（兄梅太郎の子）豊子と結婚し、その間に生まれた正之《まさゆき》氏の子息が長らく中央乃木会の会長を務めてこられたこと、何より乃木大将自身が玉木文之進と吉田松陰の思想的な影響を強く受けていることなどから、この二柱が学問の神として祀られたのである。

そんな関係から、昭和三十八年（一九六三）、萩の松陰神社より両祭神の御神霊を分祀して「正松神社」が創立された。また東京大空襲で焼失した乃木神社を復興する際、設けられた宝物館には、乃木家だけでなく、玉木家より寄贈された貴重な資料も展示されている。

そのうち、特に感銘を受けたのは、玉木彦介の「自筆日記」の一部があり、それに従兄（十一歳年上）の松陰先生が丁寧に所見を朱書しておられる。また乃木大将が松下村塾の木版刷「士規七則」を表装して、明治三十六年（一九〇三）長男の勝典（24歳）に贈る際、これを「熟読・熟思・熟行」するよう奥書を加えておられることにも心打たれた。

ちなみに、松陰の甥（児玉千代の次男）で吉田家第十一代を継いだ吉田庫三氏（一八六七～一九二二、小田原高校・横須賀高校の前身の初代校長）は、松陰五十年祭の明治四十二年（一九〇九）、『松陰先生女訓』（民友社刊）を編纂している。

そこで私は、今春以来それに詳細な解説と補論を加えて編著『松陰から妹達への遺訓』（勉誠出版）の作成に取り組んできた。その検討過程で現地を歴訪し、実物を拝見して、松陰先生から更に多くの教えをいただくことができたことに感謝している。

平成二十七年（二〇一五）九月九日　記

17　小田原で学ぶ二宮金次郎尊徳

定年を機に小田原へ移り住んで三年半。今後ここでじっくり学びたいのが、小田原出身の二宮金次郎（尊徳）の生き方・考え方である。

そう思っていたところ、近所に住む婿殿から「今日午後、市の生涯学習センターで開催される〝二宮金次郎生誕地講演会〟に行きませんか」との電話があり、一緒に出かけた。三時間半に及ぶ三講師の御話は大変充実しており、多くの学びを得ることができたので、各々の要点を紹介しよう。

その一　実体験から形成された「報徳」思想

まず大藤修氏（東北大学名誉教授）による「二宮金次郎の思想と仕法」では、㋐金次郎（一七八七〜一八五六）の生きた時代が、全地球的に小氷期で災害・飢饉が頻発し、幕藩体制の解体期で貧富の格差が拡大していた。

その中で、㋑農家の分家に生まれ早く父母と死別した金次郎が、捨てられた苗を拾って植え育て収穫を得た体験から「小を積んで大を為す」真理を体得した。㋒やがて自家を再興して総本家の再興にも心血を注いだのは、それが先祖・父母に対する孝（感謝報恩）の実践と考えていたからであろう。

しかも㋓数え二十六歳で小田原藩家老の服部家に仕えて、その子息に「民を救ひ国を安んずる」ことが為政者の道であることを説き、奉公人らと「五常講」（仁・義・礼・智・信の心で互助共済する仲間）を作った。

ついで㋔小田原藩主の大久保忠真《ただざね》（一七七八〜一八三七）から士分に取り立てられ（40歳）、下野《しもつけ》国桜町領の復興を命じられて画期的な「仕法」（改善計画）の実践に取り組んだ。㋕それが領民や役人の反発にあうと、成田山新勝寺へ参籠して断食祈祷の末、みんなの理解と協力をえて「報徳金融」（無利子で貸与し完済できた者に冥加金を出させて次に廻す循環融資）などにより成功した。

これらの実体験を通して、㋖天地万物には各々固有の価値＝「徳」が備わっているから、自他の才能＝「徳」を引き出して社会万民のために役立てるのが「報徳の道」である。㋗その報徳とは、「至誠」に基づいて「勤労」に努め「分度」を心得て「倹約」し、余剰を生じたら子孫や他者のために「推譲」すること（勤・倹・譲の三原則）である。

さらに㋘この報徳思想（仕法）は、幕末の領主側と対立を生じたが、明治以降は青少年に奉公を求める教材に活用された、ことなどを指摘された。

その二　輪廻循環「一円相」による尊徳仕法

ついで二宮康祐氏（二宮総本家当主）による「二宮金次郎と〝一円相〟」では、㋙金次郎の研究を尊徳自身が書き残した膨大な史料（1）「日記」＝十九歳から没年の七十歳近くまで五十年分現存。（2）「書簡」＝金次郎から諸藩士・仕法関係者あての三六一〇通余り現存。（3）「仕法書」＝東北・関東・甲信越地方などに「積小為大」「日掛け縄索」などを勧めた文献。⑷「著作」＝五十歳前後に著した『三才報徳金毛録』『大円鏡』『百種輪廻鏡』『万物発言集』『天命七元図』など。⑸「道歌」＝俳句を好み仏教・心学に親しんで詠んだ平易な教訓歌）を、十分に整理して丹念に読み解くことが何より重要である。

その上でⓈ「一円」とは、天地・昼夜・男女・自他など、片方のみならば「半円」にすぎず両方和合してこそ「一円」となるという円満思想である。Ⓢそれは天保元年（一八三〇）四十四歳で「一円に御法《みのり》（実り）正しき月夜かな」「仁心に民の心の月夜かな」と日記に初見する（一円＝仁心）。Ⓢそれが仏教（「般若経」「法華経」や夢窓疎石《むそうそせき》『谷響集』など）に学んで「空」「輪廻《りんね》」の認識として深化する。Ⓢそれは円の形で、(a)「混沌」から(b)「開闢《かいびゃく》」を経て(c)「輪廻」への相（一円相）として図示することができる。

このうち、まず(a)「混沌」は、中空の円のみで示され、天地も万物も未分の自然な天道の相である。ついで(b)「開闢」は、円の中心線上に主体的な我（心・体）を置き、人道が開けて人倫の生ずる相である。さらに(c)「輪廻」は、円の中に十二分線が引かれ、自然界も人道界も両極の繋がる循環の相を表す。

それゆえ、Ⓢ善と悪、富と貧、学と教、売と買などの両極も、一円でつながっていることが判れば、我が心（意気ごみ）と体（表情など）の在り方で、いかようにも良くすることができる。Ⓣその輪廻循環を農村改革に応用したのが「尊徳仕法」であり、人心開発に活用したのが「報徳教育」である、ことなどを指摘された。

その三　有限の人間が永遠の自然の中で世代を継承

さらに桐原健真氏（金城学院大学准教授）による「金次郎の自然観と現代」では、㋠自然と人間の関係を、長らく西洋では対立的にとらえ、東洋では親和的なもの、とみる知識人が多かった。しかし、㋡自然の脅威と恩恵を体験的に熟知する金次郎は、自然に挑戦しながら人間の限界を自覚し、非常時の備えを常に工夫していた。

しかも、㋢金次郎によれば、わが身は天からの借り物として生まれ育ち、やがて命を天に返す（還る）有限の存在であるが、そういう有限の人間に永遠性を与えられるのが自然（天道）である。それゆえ、㋣自然界も人間界も、過去世と現在世と未来世が繋がり続くものと考え、万物に畏敬の念をもって世代を継承しようとする金次郎の思想は、震災後の日本人の在り方にも示唆するところが大きい、ことなどを指摘された。

この講演会は、「二宮金次郎一六〇年忌」にちなみ、小田原市在住の有志（二宮家関係者・尊徳翁研究者など）が実行委員会を立ち上げて主催し、小田原市と同教育委員会の共催により、各種団体（モラロジー研究所小田原事務所など）の後援をえて行われた。おかげで五百名以上の参加者があり、市長も教育長も最後まで熱心に聴講されていた。

これは単なる地域おこし事業の一環に留まらない。小田原市域の小学校では、早くから

「郷土読本」に二宮金次郎をとりあげ、毎年四年生が栢山《かやま》の生家記念館などを訪ねるなど、地道な努力を続けてきた。小田原城の近くには、二宮報徳神社も尊徳記念館もある。そういう地元で、私も可能な限り学びを深め、それを活かしていきたい。

平成二十七年（二〇一五）十月二十日　記

18　賀茂別雷神社の式年遷宮ネット中継

長生きすれば、ありがたい機会に恵まれることが少なくない。一昨年（平成二十五年）の五月には、出雲大社で六十年ぶりに行われた〝大遷宮〟を初めて奉拝した。またその十月には、伊勢の神宮で二十年ごとに行われてきた第六二回式年遷宮を、昭和四十八年（一九七三）と平成五年（一九九三）に続いて三度目の奉拝が叶ったのである。

その経緯や所感は当時ホームページ「かんせいPLAZA」に詳しく書き、それに手を加えて拙著『伊勢神宮と日本文化―式年遷宮〝常若〟の英知』（平成二十六年四月、勉誠出版）に収めた。関心のある方は、ご覧いただきたい。

さらに今年は、京都の賀茂別雷《わけいかづち》神社（通称、上賀茂神社）で「式年遷御の儀」が行われ、意外な形で参加させていただいた。

この（賀茂別雷《わけいかづち》神社）は、（賀茂御祖《みおや》神社（通称、下鴨神社））と共に賀茂大社と総称される。毎年五月（旧暦四月）の例祭＝葵祭にも、ほぼ二十一年ごとの式年遷宮祭にも、天皇から勅使を遣わされ、祭文と幣物を奉られる格別な「勅祭社」の筆頭格である。

ただ、式年（一定の年数）ごとに遷宮（新宮殿への遷御）するといっても、伊勢神宮のごとく、満二十年ごとに宮殿や神宝・装束を全て新しく作り替えることは極めて難しい。当社の場合、本殿の東隣に同形の権殿《ごんでん》が設けられており、二十年以上経つと御神霊を本殿から権殿に移し、修理を加えて新しくなる本殿へ御神霊を権殿から遷し奉る〝修理遷宮〟が繰り返されてきた。

その修理遷宮すら大変な人手と費用を要する。それゆえ、賀茂大社では平安中期以来「二十一年」を式年と定められながら、実際は朝廷や幕府の費用で数十年ごとに行うのが精一杯であった。しかし戦後、国営の官幣大社から民営の宗教法人とされたにも拘らず、崇敬者たちの奉賛により、昭和四十八年（一九七三）の第四〇回から二十一年後の平成六年（一九九四）を経て、今年（二〇一五）第四二回の正遷宮が、名実ともに〝式年遷宮〟として斎行されるに至ったことは、まことに喜ばしい。

しかも今回、十月十五日（旧暦九月四日）夜の遷御の儀が、何とインターネット中継されることになり、その解説を手伝ってほしい、との依頼を受けた。そこで、早速「平成プロジェクト」の担当者などと準備に万全を期した。

ところが、十五日夕方、上賀茂神社（奈良社脇）の中継現場へ着くと、夜中に行われる遷御の儀の簡単な式次第のみで、時刻の進み具合が判らないという。そこで、司会の渡辺真理さんと大まかな打ち合わせをして、お互い阿吽《あうん》の呼吸で臨機応変にやるほかないと肚《はら》を決め、七時半から十時半までの本番に挑んだ。

その間、ゲストの女優とよた真帆《まほ》さんもスタッフ全員も留意したことがある。それは、この中継が興味本位のショーではなく、厳粛に執り行われる神秘な祭儀を心静かに奉拝させていただく、という心持ちで視聴者に伝えることにほかならない。

その終わり近くに、特別参拝をすませた宮本亜門氏（奉納劇「降臨」の脚本演出家）が浄闇《じょうあん》の中で奉拝した深い感動をストレートに語ってくださり、また同じく特別参拝して来られた横山敬一氏（中継スポンサーＡＧＦ社長）から関係者一同に「大成功です」と賛辞が寄せられて一安心した。（↓30話）

II 『月刊朝礼』日本学広場 より

赤坂御苑で開催された秋の園遊会に招かれ、両陛下・両殿下から御言葉を賜り、吹奏楽を聴く私(60歳)と家内。平成14年10月31日。日比治夫氏撮影

19 ベストを尽くす「箱根駅伝」声援

平成二十七年（二〇一五）四月号

何事であれ、目標に向かって苦難にめげず、真剣に努力し続ければ、心身ともに鍛錬され、生来の能力を最大限に発揮できるようになる。年始の風物詩の一つ、「箱根駅伝」を見ていると、いつもそれが実感できる。

今年も元旦未明、小田原市国府津駅近くの菅原神社へ初詣に出かけた往復の道すがら、純白の富士山を仰ぎ、波静かな太平洋上に初日の出を眺めることができた。

次いで二日の昼前、昨夜来の小雪が残る国道一号線に出て、娘家族や近所の人びとと、箱根駅伝の往路（四区）、三日の朝は、復路（七区）のランナーに声援を送った。両日ともすがすがしい好天のもと、優勝候補の駒澤大学を破った青山学院大学の走者だけでなく、関東学生連合の選抜チームに初めて入った麗澤大学の村瀬圭太君（愛知出身）が七区で力走する姿も間近に見ることができて、さわやかな感動を覚えた。

「駅伝」という言葉は、律令時代の宮都と各国を結ぶ官道に置かれた中継の駅と駅を馬で乗り継ぐことに由来する。現代の駅伝競走は、大正六年（一九一七）東京奠都《てんと》五十周年記念に、京都から東京までの約五〇〇キロメートルを二十三区に分けて走ったのが最初である。それを「駅伝競走」と名付けたのは、神宮皇學館の武田千代三郎館長である。

今や駅伝は全国に何十種類もあるが、人気が高いのは、やはり大学駅伝である。とりわけ、大正以来九十一回を数える「箱根駅伝」は、往復二一七・一キロメートルを十区に分け、新春早々二日かけて走る。全日本大学対抗の熱田神宮から伊勢神宮までの「全日本大学駅伝」（十一月第一日曜日、一〇六・八キロメートル）や全日本大学選抜の「出雲全日本大学選抜駅伝競走」（十月第二月曜日、四十五・一キロメートル）もファンが多い。

柏の麗澤大学キャンパスで毎日猛練習に励む学生たちを見ていると、誰も礼儀正しく、顔付きが凛々しい。目標に向けて真剣に努力する人々は、自然に心身とも鍛錬され、礼儀正しくなり、顔付きまで変わってくる。

このような的確にトレーニングを積む若者たちが増えることを望んでやまない。

20 「親族を睦じくする事、大切なり」

平成二十七年（二〇一五）五月号

近年、少子高齢化に伴い、また大震災などにも見舞われて、「家族の絆」を取り戻すことが大切だ、という声が高まっている。私もそれを痛感するが、その場合、家族（親族）とは誰をさすのだろうか。

現行の民法（第四編　親族）によれば、「親族」には「六親等内の血族」と「配偶者」と「三親等内の姻族」を含む（七二五条）。しかも「直系血族及び同居の親族は、互いに扶《たす》け合わなければならない」（七三〇条）と定められている。

とはいえ、戦後の経済成長期ごろから急速に「核家族化」が進み、成人すれば子供が次々と別居し、やがて残るのは夫婦か独り身というケースが増えている。従って、今や同居していない血族や姻族との絆を保つことは、必ずしも容易ではない。

そんな折から、先般、モラロジー研究所の生涯学習センター公開講演会で、「吉田松陰の志とその家族」について管見を話した。そこで取り上げたのは、安政元年（一八五四）十二月三日、萩の野山獄に囚《とらわ》れていた松陰（数え25歳）から、児玉家に嫁いでいた妹の千代（23歳）に宛てた長い書簡である。

この中で松陰は、生家の杉家に住んでいる「父母様やあに様」をはじめ、養家の吉田家や伯父の玉木家だけでなく、妹・千代の嫁いだ先の「おぢさま」「おばさま」にまで心を配り、「御老人は家の重宝と申すもの」にて「御孝養を尽し候へ」と諭している。

しかも、より具体的に「杉の家法」を詳しく述べ、「世の及びがたき美事」として、「第一には先祖を尊び給ひ、第二に神明を崇め給ひ、第三に親族を睦まじくし給ひ、第四に文学（学問）を好み給ひ、第五に（俗流）仏教に惑ひ給はず、第六に田畠の事を親《みずか》らし給ふの類」をあげ、「これらの事……皆々よく心懸け候へ。これ則ち孝行と申すものなり」と結んでいる。

このうち、第三の親族が仲良くする事の大切さについて、次のごとく述べている。おそらく似た状況の方も少なくないと思われるから、参考までに、原文の一部を分かりやすくして抄出しよう。

親族を睦じくする事、大切なり。これも大てい人の心得たる事なり。併し、従兄弟《いとこ》（従姉妹も含む。以下同）と申すもの、兄弟へさし続いて親しむべき事なり。然るに世の中、従兄弟となれば甚だ疎《うと》きものおほし。よくよく考へて見るべし。さすれば、父母・祖父母の心になりて見れば、従兄弟をば決して疎くはならぬなり。併しながら、従兄弟の疎きと申すは、元来、父母・祖父母の教への行きとどかぬなり。

吾が従兄弟と申すは、父母の侄《めい》（甥・姪）なり、祖父母よりみれば同じく孫なり。さ

子を教ふるもの、心得べきなり。

およそ人の力と思ふものは、兄弟に過ぎたるはなし。もし不幸にして兄弟なきものは従兄弟にしくはなし。従兄弟・兄弟は、年齢も互ひに似寄りて、もの学びしては師匠

の教へを受けし事をさらへ（復習し）、事を相談しては、父母の命をそむかぬごとく計らふ。皆他人にてとどく事にあらず。この処をよく考ふべき事なり。

なるほど、都会でも田舎でも、兄弟姉妹の少なくなっている今日、双方のイトコ同士も仲良く付き合い、お互いに助け合うことが、ますます重要だと思われる。

21 「山の日」は有意義、八月十一日は無意味

平成二十七年（二〇一五）六月号

「国民の祝日に関する法律」で定められている公的な祝日は、現在年間十五日ある。これは世界各国のナショナルホリデーが十日前後というのに比べて、かなり多い。ところが、昨年、新たに「山の日」と称する祝日を加える法律改正が行われ、来年から実施される。これについて意見を求められたので、その要旨を略記しておこう。

まず「山の日」を設けること自体は、国土の七割以上を山地が占める日本において有意義であろう。今回改正された祝日法では、「山に親しむ機会を得て、山の恩恵に感謝する」と明文化されている。

この「山に親しむ機会」とは、単にレジャーやスポーツとして山登りを楽しむだけでなく、山の豊かな樹木・草花や鳥獣・昆虫などに出会い、また山から流れ出る清らかな水に触れるような機会であろう。

しかも、それを通して「山の恩恵に感謝する」気持をもつことは、昭和二十三年（一九四八）にスタートした祝日法に示される「美しい風習を育てつつ、よりよき社会、より豊かな生活を築きあげるため」という本来の意義に叶っているといえよう。

しかしながら、それが何故に八月十一日なのか、にわかに理解し難い。与野党共同の国会議員連盟では、初め山開きの六月上旬とか、「海の日」に続く七月二十日前後などの案もあったといわれるが、結局、お盆の連休を増やしやすくするため、八月十一日に決めた。これでは山の歴史や風習と関係もなく、ほとんど無意味というほかない。

古来、山の神さま（山の上にいます大山津見神《おおやまつみのかみ》や娘の木花開耶姫命《このはなさくやひめのみこと》）に感謝する日として、「山の講」が行われてきた正月か七月（場所により十月か十二月）の吉日ならば、民俗信仰的な意味があろう。

また、もし従来祝日のなかった六月か八月に敢えて入れるのであれば、すでに数年以上前から、広島県が「山の日」と定めた六月第一日曜とか、岐阜県や山梨県が「山の日」としてきた八月八日（「八」の字が、山の形に似ているから）というのも、十一日よりは少しマシなアイデアかもしれない。

ともあれ、ナショナルホリデーは、その国の文化や理念を表す。とりわけ各国を代表するザ・ナショナルデー（日本の場合は「天皇誕生日」）は、その国の特徴（国柄・国体）を示すものである（拙著『「国民の祝日」の由来がわかる小事典』ＰＨＰ新書参照）。その一つが、こんな日付でよいのか、もっとしっかり考えてもらいたい。

ちなみに、山に木（林・森）があるからこそ、清らかな水が川を通って海に流れ出て、魚貝も海藻なども豊かに育つ。そのような山に林を植える「愛林日」が、戦前は神武天皇祭の四月三日と定められていた。

それが戦後は無くなった。しかしながら、まもなく昭和二十三年（一九四八）から天皇陛下の行幸される「全国植樹祭」が始まり、やがて昭和五十二年から皇太子殿下の行啓される「全国育樹祭」も行われるようになったのである。

こうして先帝のときに植えられた木々を、二十年以上経ってから皇嗣《こうし》（皇太子）が育て上げていく行事を催されることは、親から子への世代をつなぐ累代《るいだい》教育のお手本としても、まことに意義深い。（↓35話）

※ＮＨＫテレビ「チコちゃんに叱られる！」で祝日・祭日の区別について解説した平成二十七年五月三十一日放映分は、今年七月末に小学館から出版される予定。

22 富岡製糸場の偉業から学ぶこと

平成二十七年（二〇一五）九月号

渋沢栄一（青淵《せいえん》）と尾高惇忠

生糸の生産は、幕末から明治にかけて、開国後の日本が欧米に輸出（外貨獲得）のできる最有力の産業となった。その養蚕・製糸業を明治五年（一八七二）から近代的産業として始めたのが、群馬の富岡製糸場である。

この事業開始に尽力した第一の功労者は、現在の埼玉県深谷《ふかや》市で、藍玉《あいだま》と養蚕を営んできた渋沢栄一（一八四〇～一九三一、雅号青淵）にほかならない。

渋沢は慶応二年（一八六六）パリ万博を視察してヨーロッパ諸国をまわり、当時フランスもイタリアも蚕の病気で生糸生産が壊滅状態にあることを知った。そこで、明治二年（一八六九）大蔵省に入ると、生糸を有力な輸出品とするため、富岡製糸場の開設に主力を注いだ。その初代の場長となって成功に導いたのは、栄一の従兄・尾高惇忠《おだかあつただ》である。

この工場建設と技術指導に貢献したのは、優秀なフランス人P・ブリュナなど、お雇い外国人である。ただ、彼等が数年で帰国すると、その間に万事習得した日本人が、幹部も工女も一丸となって上質の生糸を量産し、その技法を全国各地に広めている。

原富太郎（三渓《さんけい》）と片倉製糸

富岡製糸場は、最新の機械と高度の技術をもつフランスやイギリスから、資本金を出して直営化しようという提案もあったが、新政府の伊藤博文らは、日本の独立を守るために巨費を投じて官営事業とした。

しかし、その経営は容易でなかった。他の官営工場と同様、一応基盤ができると民営化するため、明治二十六年（一八九三）三井高保に払い下げられた。

ついで、九年後の明治三十五年、この製糸場を引き受けたのが原富太郎（雅号三渓《さんけい》）である。横浜で生糸問屋を営み成功した原善次郎の没後、婿養子に迎えられた富太郎（岐阜県羽島出身）は、富岡製糸場などを「原合名会社」とし、最新式の機械を導入して生産を飛躍的に増大させた（大正時代の日本全国総生産高は世界の六割近い）。

ついで、富岡製糸場の経営は昭和十四年（一九三九）、原合名会社から片倉製糸紡績株式会社に移された。片倉家は明治時代から製糸業を営んで成功し、事業を拡大していた。まもなく戦争状態となったが、苦難を耐え抜き、戦後も昭和六十二年（一九八七）まで操業を続けてきた。

さらに、その後も、片倉工業が製糸場の修繕・管理に努めて、平成十七年（二〇〇五）富岡市に寄贈した。だからこそ、九年後の昨年（平成二十六年）、近代化の模範的な産業遺跡としてユネスコの「世界文化遺産」に登録されえたのである。

この富岡製糸場では、十年程前から「世界遺産伝導師協会」などが作られ、研修を積んだ解説員数十名によるボランティア・ガイドが毎日（各回約四十分）行われている。

その入口近くの「行啓記念碑」は、明治六年（一八七三）の英照皇太后・昭憲皇后両陛下行啓から七十年後の昭和十八年（一九四三）、徳富蘇峰《そほう》翁の撰文で建てられたものである。

23 皇室永続に多様な英知総合の秋

平成二十七年（二〇一五）十月号

いま天皇陛下は満八十一歳、皇后陛下も十月二十日に同齢となられる。幸いお健やかで国家・国民のために誠心誠意お務めくださっている。そのおかげで日本は安定し、全国民が安心しておれるといっても過言ではないと思われる。

皇族女子の消滅危惧

ただ、このような天皇を代表とする皇室の在り方が、今後とも末永く続くかどうかについては、不安な要素が次第に深刻化している。そこで、二十年程前から皇太子殿下の「お世継ぎ」問題を中心に、さまざまな議論が行われてきた。

その経緯を振り返ってみると、議論に参加した大多数の方々は、皇室の永続を念願し切望するという点で、大目標が一致しているにちがいない。けれども、マスコミ的な「男系派・女系派」といった二者択一的極論が広がり、国民的な合意の形成を難しくしている。

そんな折から、昨年（平成二十六年）十月五日に高円宮家の次女典子さまが、出雲大社宮司嫡男と結婚された機会に、「皇室典範」第十二条に従い「皇族の身分を離れ」られた。

今後、未婚の皇族女子（内親王三方、女王四方）が、同様に一般男子と結婚され続けるならば、傍系の三笠宮・高円宮両家も、やがて直系の皇太子・秋篠宮両家すら消滅してしまう恐れがある。

従来の両案と現在の管見

それに対して、従来からいくつもの案が出されている。その一つは、㋑皇室を出られた元内親王・女王にも何らかの尊称を認め、皇族に準ずる公的な活動をしていただく、という案である。昨年十月二十日ある全国紙が、これに近い案を「政府方針」として「閣議決定」するような観測を大々的に報じている。

もう一つは、㋺皇位だけでなく宮家の継承も「男系の男子」を貫くため「旧宮家の男子を皇族に迎えよ」という主張が、十数年前から繰り返されている。この「男子」は、被占領下で臣籍降下を余儀なくされた旧皇族（現存者は少なく、ほとんど高齢）の家で、一般国民として生まれ育った子孫の方々であろう。

このような両案は、本質的に好ましいと思えないが、それでも納得できる方法が示されるならば一考に値しよう。まず㋑でも、現行の皇室典範に定め、皇族代表と三権代表から成る「皇室会議」で慎重に検討することである。まして㋺は、現行憲法下で特別措置法を作るにせよ、果たして適任者を確保できるかどうかは、厳密に精査する必要がある。

そこで、現在の管見を端的に申せば、最も重要な皇位継承の有資格皇族は、三代先まで「男系の男子」がおられるから、この原則は変更しないことを前提とする。その上で、①皇族女子の減少を止めるには、内廷の内親王は直《じき》宮家を立て、各宮家の一名には当家の当主としての相続を認めることである。

それと共に、②明治天皇の四皇女が降嫁された竹田・北白川・朝香・東久邇の四家および香淳皇后出身の久邇宮家は、今上陛下（現在の皇室）とご血縁の近い特別な旧宮家として、その子孫で本当に適任者がおられるならば、継嗣のない常陸宮家などを相続できうるよう、皇族に養子を認めることも、現実的な在り方の一つと考えている。

このような①②案も、前述の㋑㋺案も、皇室永続という大目標に向けて、互いに長所を活かし短所を補いながら、総合的な解決策の実現を目指していただきたい。（↓45・86話）

24　信念を貫き通した「歴史神学者」

平成二十七年（二〇一五）十一月号

昨年（平成二十六年）十一月三十日、國學院大學の常磐松ホールにおいて、藝林会の第八回学術大会を開催した。平泉澄《きよし》博士が昭和五十九年（一九八四）二月十八日に数え九十歳（満89歳）で帰幽されてから満三十年という節目にちなみ、同博士をめぐる諸問題について検討する特別な大会となった。その要点と私的な所感を略記しておこう。

内側と外側から見直す

まず会場のロビーには、平泉博士自筆の日誌や講義ノートおよび数十葉の生涯にわたる貴重なパネル写真を展示した。これは、嫡孫の隆房《たかふさ》氏（金沢工業大学教授・61歳）が快く提供されたからである。

午前中、最初の基調講演「祖父平泉澄の家風と神道思想」は、隆房氏にやむをえない急用ができたので、あらかじめ用意ずみの原稿を長男の紀房《のりふさ》氏（金沢工業高専教諭・28歳）が代読された。思いがけない出来事ながら、平泉博士の学統が曾孫まで確かに伝わっていることを、参加者一同まのあたりにする機会ともなった。

ついで、京都産業大学教授の植村和秀氏（48歳）による基調講演「滞欧研究日誌にみる平泉澄博士」は、昭和五年（一九三〇）から一年三カ月余り欧米の主要国を歴訪して来られた博士が、特にドイツ・イタリア・フランス・イギリスで滞在中の研究日誌（『藝林』に連載中）を精査して得られた知見と意義について明快に講述された。

同氏は十数年前に京都の古本市で平泉博士著『万物流転』を偶然入手以来、博士の全著作を丹念に精読して、博士こそドイツのマイネッケやイタリアのクローチェと同じく、敬虔な信仰と誠実な信念をもつ「歴史神学者」にほかならないことを看取されたが、それは抜群の語学力と真摯な研究の積み重ねによると見受けられる。

「歴史神学者」という呼称は珍しいが、本当の学究者は根底に純真な信仰心をもつ故に、目先の利害を超えて真剣に取り組み、信念を貫き通すことができる。

昭和思想史上の平泉博士

さらに、午後の研究発表は、㋑関西大学兼任講師の若井敏明氏（56歳）による「史学史上の平泉澄博士」、㋺神戸大学准教授昆野伸幸氏（41歳）による「平泉澄博士の日本思想史研究」、㋩東京大学教授の苅部直氏（49歳）による「大正・昭和の歴史学と平泉史学」であった。いずれも十数年来の専門的な研究実績に基づいて「平泉史学」を客観的に再評価された意義は極めて大きい。

その後、私の司会で植村・若井・昆野・苅部の四氏による補足説明と相互討論および参加者からの多様な質疑に対する応答を行った。それによって内容の理解が深まり、今後への展望も開けてきたように思われる。

平泉澄博士は、戦後の学界・論壇などで不当に非難されてきた。しかし、博士の直弟子である市村眞一氏編『先哲を仰ぐ』（錦正社）や田中卓氏編『平泉博士史論抄』、同氏著『平泉史学と皇國史観』（青々企画）『平泉史学の神髄』（国書刊行会）などを手掛かりとして、丹念に研究する若い学者たちの手で、その実像が学問的に解明されつつある。

25 累代教育の身近な以心伝心

平成二十七年（二〇一五）十二月号

郷里と勤務先の二重生活

私が結婚したのは昭和四十四年（一九六九）四月、連れ合いとなった京子（旧姓菊池）は、半年前に京都の研究会で出会い、この人なら母と仲良くやっていけると直感した。

そのころ伊勢の皇學館大学に勤めていた私は、六年後に、文部省へ移り、また六年間、教科書調査官を務めた。その十二年間、家内は原則毎週、郷里（岐阜県揖斐川町小島野中）

へ金帰月来で母と生活を共にし、近所と親戚の付き合いにも努めてくれた。

その上、昭和五十六年（一九八一）に京都産業大学へ奉職してからは、私が京都で家内の母と一緒に住み、ほぼ金帰月来を続けた。また家内は、私の母と娘の世話をしながら、岐阜聖徳学園（短大・大学）に専任で勤め、細々と研究を続けてきた。

このような二重生活は、傍目に大変と思われたかもしれない。しかしながら私自身は、結婚当初、娘を嫁に出して寂しがっていた家内の母と十年近く過ごすことができた。まして家内は、しっかり者の母と張りあいながら実の親子以上に仲良くなった。とりわけ平成五年に骨折で寝たり起きたり状態となった母を、十数年も親身に世話をしてくれた。

子から孫への以心伝心

そんな姿を見て育った一人娘は、平成十年（一九九八）に結婚したが、まもなく生まれた孫を連れて、よく見舞いに来てくれた。しかも、私が平成二十四年三月に、満三十一年間勤めた京都産業大学を定年退職すると、老夫婦の田舎住まいを心配した娘家族が、現在の小田原へ来るように強く勧めてくれたので、思案の末に「老いては子に従え」の諺《ことわざ》どおり、近所へ転居した。そのおかげで、私は柏市のモラロジー研究所にも各地にも出掛けやすくなり、また家内は余暇に娘や孫とショッピングなどを楽しんでいる。

この連休中、孫二人が家内を元気づけに現れ、ワイワイおしゃべり中、「おじいちゃん、あの本、私にもわかるの」と尋ねる。そこで、数年前に監修した『古事記がよくわかる事典』（ＰＨＰ研究所）を棚から取り出し、勢いよく説明し始めたところ、娘に「それじゃ中学生にわからないよ」と笑われた。それにしても、孫たちとの雑談は楽しい。

モラロジー研究所では「生涯教育から累代《るいだい》教育へ」を重要な基本テーマにしているが、世代を越えて大切なことを受け継いでいくにはどうしたらよいのだろうか。

それに正解はないであろうが、家族であれば、別居していても、可能な限り直接に会ったり話す機会を多くして、ごく自然に親の思いや生き方を子や孫に「以心伝心」できたらよいのではないかと思われる。

26　大磯の澤田美喜と吉田茂の記念館

平成二十八年（二〇一六）一月号

最近、ＪＲ東海道線沿いの大磯で所用があり、早めに出かけて、二カ所に立ち寄った。

隠れキリシタンの遺品展示

その一つが、大磯駅前の澤田美喜《みき》記念館である。澤田さん（一九〇一～八〇）は、岩崎弥太郎の孫娘（久弥の長女）で、結婚して外交官の廉三氏（のち初代国連大使）とロンドンに滞在中、孤児院でボランティアとして奉仕したことがある。

その体験から、戦後駐留した米兵と日本人女性の間に生まれた混血孤児を救うために、岩崎家の大磯別邸で昭和二十三年「エリザベス・サンダース・ホーム」を開設。三十余年で約二〇〇〇人の子供たちを立派に育てあげている。

その間に美喜さんは九州などを巡って、いわゆる隠れキリシタンの遺品を数百点も収集した。それを通して、迫害に耐え抜いた人々の信仰に勇気づけられ、ホーム運営の困難も乗り切ったという。

この記念館は、美喜さんの帰天後、ホーム敷地の一角に新設されたもので、二階が礼拝堂になっている。十時の開館早々に訪ねて、一階で展示中の隠れキリシタン資料（踏絵・マリア観音像・十字紋様など）を見ながら、その多様さに驚くと共に、二階から聞こえてくる孤児たちの賛美歌にも心打たれた。

「七賢堂」と「臣茂」の信念

もう一カ所は、城山公園の海側に広がる旧吉田茂邸である。ここは茂氏（旧姓竹内）の養父吉田健三（旧福井藩士、貿易商）の建てた別邸であり、茂氏が自邸として愛用した。戦後の講和独立前後に外国貴賓を招くため和風に増改築を加え、首相退任後もここで政財界人等と応接し、昭和四十二年（一九六七）八十九歳で長逝している。

その管理事務所にある休憩室で晩年の吉田さんを偲ぶビデオを見てから、庭園を回ったが、その一角に「七賢堂」がある。これは、伊藤博文が小田原から大磯へ移築した滄浪閣《そうろうかく》に、明治三十六年（一九〇三）三条実美《さねとみ》・岩倉具視・木戸孝允・大久保利通の肖像を掲げて祀った「四賢堂」に始まり、その没後、夫人の手で博文を加えて五賢堂となった。それが戦後の昭和三十五年（一九六〇）この吉田邸へ移されてから、西園寺公望《きんもち》を加えた。

さらに当主の没した直後、佐藤栄作氏の勧めで吉田茂氏も加えて「七賢堂」となった。今なお伊藤の命日である十月二十六日頃に例祭が行われている。

念のため、この七賢堂は偉人を合祀する邸内社である。吉田さんはキリスト教に理解を示していたが、生前に洗礼は受けていない。

吉田さんは皇室を深く敬愛していた。たとえば、戦後の憲法に「象徴」という形であれ天皇制度の存続を可能にし、昭和天皇の退位論を退けて御留位を願い続け、さらに昭和二十七年（一九五二）十一月十日の立太子礼には、奉祝文で「臣茂」と称し、新聞記者に「総理大臣も天皇の臣だ」と答えている。

それのみならず、吉田さんは神道も大事にしていた。たとえば、昭和二十六年（一九五一）の九月、対日講和条約が締結されると、十月の靖國神社秋季例大祭に「総理大臣」として公式に昇殿参拝している（以後在任中、春も秋も例大祭に昇殿参拝を続けた）。また、GHQのために廃校となった官立の神宮皇學館大學が、昭和三十七年（一九六二）に私立の皇學館大学として再興される際に初代の学長を引き受け、尽力している。

27「建国記念日」の意義と問題点

平成二十八年（二〇一六）二月号

現在、世界に二〇〇近い国家がある。しかし、その多くは第二次世界大戦後の数十年間に、長らく欧米の植民地だったところが、独立を勝ち取った新興国である。

それに対して、我が国はすでに千数百年以上前から統一され、独立を保ち続けてきた。これはどのような意味をもつのか、「建国記念の日」の来歴を手懸りに考えてみたい。

五十年前に「国民の祝日」として追加

戦後、GHQの強要により、戦前の国家的な祝祭日をいったん廃止して、新しく「国民の祝日」を法律により制定したのは、昭和二十三年（一九四八）七月である。

それに先立ち、政府も新聞社も世論調査をしたところ、従来の七祭日・三祝日を続けてほしいという声が、七〜八割にのぼっている。しかし、ＧＨＱが神道的な祭日も国家的な祝日も不可としたため、衆参両院の文教委員会では、名称を改めて、十の祝日案をバンス民政局宗教課長に示した。それに対して、明治以来の「紀元節」だけは「国始の日」「建国の日」と言い換えても「絶対駄目だ」と拒否され、廃止のやむなきに至った。

けれども、昭和二十七年（一九五二）四月の講和独立前後から、「紀元節の復活」による「建国記念の日の制定」を要望する世論が盛り上がり、ようやく昭和四十一年（一九六六）祝日法が改正され、「建国記念の日」を追加することができたのである。

「建国をしのび、国を愛する心を養う」

この祝日は、法文に、「建国をしのび、国を愛する心を養う」と意義づけられている。ただ、その「建国」を記念するにふさわしい日はいつか、について国会で意見がまとまらなかった。そこで、審議会を設けて検討の末、世論の六〜七割が支持し全委員の合意した二月十一日案が、政令により決定されたのである。

その際、与党の自民党は①「祖先伝来の歴史と伝統を尊重する」として、旧紀元節の二月十一日案を推したが、民社党では②聖徳太子憲法の制定にちなむ四月三日案、社会党では③戦後の日本国憲法が施行された五月三日案、公明党では④講和条約の発効した四月二十八日案を出している。ただ、共産党のみは⑤「真の建国は人民が（革命で）将来に闘い取る」との立場から案を示さなかった。当時それぞれの政党がもっていた歴史観・国家観が如実に表れている。

神武天皇の即位紀元と建国実年代

ただ問題になるのは、明治の初め「紀元節」を二月十一日と定めた根拠が、『日本書紀』の神武天皇即位元年辛酉の元日を新暦のBC六六〇年当日と換算したことに基づくからである。その即位紀元は、中国伝来の「辛酉《しんゆう》革命」説を適用して、初代の天皇が大昔から存在した、ということを対外的に誇示しようと作為したものとみられる。従って、書紀編者などの心意気は評価するとしても、これを直ちに史実と考えることはできない。

もちろん、さりとて神武天皇が架空だということにはならない。記紀の伝える九州からの東征と大和での即位は、第一〇代崇神《すじん》天皇の在位が考古学的な遺蹟などにより三世紀前半ころとみられるところから逆算すれば、九代さかのぼっておおよそ一世紀初めころの史実と推測して大過ないであろう。(→39話)

重要なことは、その当初(約二〇〇〇年前)から現在まで続く皇室の祖先が中心になって国内を段々と統一し、ほぼ七世紀(推古女帝~天武天皇朝)には天皇を中核とする独立国家「日本」が成立しており、その皇統も国家も今日まで一貫して続いている事実である。(→68話)

28 東日本大震災から何を学びえたか

平成二十八年（二〇一六）三月号

この三月十一日、未曾有の東日本大震災から満五年を迎える。平成七年（一九九五）一月十七日の阪神淡路大震災にも驚いたが、それ以上に同二十三年の東日本では、未曾有の大地震に伴って、大津波と福島原子力発電所の爆発という大惨禍まで重なった。その厳しい現実を思い起こし、そこから何を学びえたか、あらためて考えてみたい。

阪神淡路大震災と東日本大震災の直後に

まず、二十一年前の阪神淡路大震災を振り返ると、一月十七日、京都産業大学のゼミ有志は連絡を取り合い、直ちにバイクで現地へ飲み水や食べ物を届けてくれた。また、他の大学に在学していた娘も友人たちと、春休みに片付けを手伝いに行ってくれた。

ついで五年前の東日本大震災には、ゼミ生が中心となってクラブの仲間たちとチームを作り、私も一緒になって学内で募金活動をしたことがある。

個人的には、岐阜県教育懇話会の会報『ぎふの教育』に「濃尾大震災の復興と庶民の底力」を急いで書いた。また、学術雑誌『藝林』に「菅原道真の地震論と『類聚国史』の地震記事」と題する研究ノートを載せ、歴史上の大震災からも学ぶべきことを指摘した。

自衛隊の貢献、天皇陛下のおことば

あの大地震に対処して、まさに命懸けで被災者の救出と行方不明者の捜索に最大の貢献をしたのは自衛隊である。その関係者から依頼を受けて、平成二十五年八月、青森県八戸市の海上自衛隊航空基地へボランティア出講してきた。

その際、仙台から松島を経て石巻の被災地を回り、とりわけ教職員と生徒の大部分（七十八人中七十四人）が流された大川小学校の廃墟に立って、あの非常事態に自分なら何ができたのかを、深刻に考えさせられた。そのときに案内してくださった人々などから聞いた切実な教訓を、今も心の奥でかみしめている。

あの大震災に直面して、格別な働きをされたのは、今上陛下・皇后陛下にほかならない。とりわけ発生五日後、天皇陛下がテレビを通じて、被災者を慰め励まされ、自衛隊以下の公的組織や内外有志たちの救援に感謝の意を表され、一般国民に「長く心を寄せ続ける」ことを求められた。そして、まもなく皇后陛下と共に被災の現地を訪ねられ、それを七週間も続けておられる。その御心から学ぶべきことは、あまりにも大きい。

29　パラオとフィリピンの慰霊行幸啓

平成二十八年（二〇一六）四月号

国旗も似ている日本とパラオの親交

いわゆる戦後七十年の節目にあたる昨年（平成二十七年）、天皇・皇后両陛下は四月八日・九日、日本から南方約三〇〇〇キロのパラオ共和国までお出ましになられた。昭和十九年（一九四四）九月十五日から八十日余り壮絶な激戦の行われたペリリュー島を訪ね、日米双方の戦死者（遙拝されたアンガウル島も含めると、日本一万一八九六柱、米国四三九四名）たちに、慰霊の誠を捧げられたのである。

この機会に百年近い日本との関係が広く知られるに至ったパラオ共和国は、第一次大戦の結果、大正九年（一九二〇）から二十数年にわたり、日本（南洋庁）が信託統治した。ついで第二次大戦後の昭和二十二年（一九四七）からアメリカの統治下にあった。そして、平成六年（一九九四）ようやく独立を達成したのである。

その過程で、昭和五十五年（一九八〇）に制定されたパラオ（ベラルーシ）国旗は、海を表す青色の地に月を表す黄色の丸が描かれており、「月章旗」といってよい。

このデザインについて、昨年末に来日した現大統領トミー・レメンゲサウ氏も、元駐日パラオ大使のミノル・ウエキ氏（共に日系人）も、テレビ取材に応じ「これは日本の国旗を参考にしたもの」と即答している。

このようなところにも、パラオの人々の今なお極めて親日的な心情が、如実に示されている。それを可能にした先人たちに、あらためて感謝と敬意を表したい。

百万人を超す日比戦没者のご慰霊

しかも今年（平成二十八年）は、正月の同二十六日から五日間、フィリピン（以下、比国）へ両陛下お揃いでお出ましになった。

まず二十七日、スペインからの独立運動に献身した英雄ホセ・リサール（一八六一～九六）の記念碑と、日米戦争中に犠牲となった数十万人にのぼる比国戦没者の慰霊碑に献花された。ついで二十八日、戦前も戦後も苦労した日系人・在比邦人との懇談、およびアキノ大統領主催の晩餐会に出られた。さらに二十九日、マニラから七十キロのカリラヤで、昭和四十八年（一九七三）日本政府の建てた日本人戦没者約五十万人の慰霊碑に白菊を供え、遺族や元兵士らを労われた。

その晩餐会で天皇陛下は、十六世紀に始まる日比交流の歴史、リサールの功績などに触れた後、日米戦争により「貴国の多くの人が命を失い傷ついたことを、私たち日本人は決して忘れてはならない」と真心込めて述べられた。そのお姿に接して、大統領は「生まれながらに重荷を背負ってこられた陛下が、日比友好の絆を再び強くされた」と語っている。

30 カモのカミのヤシロとアフヒのマツリ

平成二十八年（二〇一六）五月号

いま「京都の三大祭」といえば、五月の賀茂大社の葵祭、七月の八坂神社の祇園祭、十月の平安神宮の時代祭である。けれども平安時代から、単に「まつり」といえば、賀茂祭をさすことが多かった。

このような祭を通して、古来の「カミ」「ヤシロ」とは何か、また「アフヒ」「マツリ」とは何か、その語義から本質を考えてみたい。

日本のカミは身近な自然神と祖先神

まず日本語の「カミ」は、母音の変化した「カモ」「クモ」「クマ」と同じであり、特にクマ（隈）奥まった所との関連が指摘されている。

たとえば、地域名として、ヤマト（山の戸＝大和）から東の方に、木の多い所が木（↓紀）の国にあるクマ（隈↓熊）野、また山の背（後）の淀川を遡った所がヤマシロ（山背

↓山城）にあるカモ（賀茂・鴨）と名づけられたとみられる。

そのカモには、上に別雷神《わけいかずちのかみ》、下に御祖神を祀る立派な社殿がある。上の「別雷神」は、当地域などに恵みの雨をもたらす特別な威力をもつ雷神にほかならない。また下社には、その雷神を生んだ在地の母神（玉依姫命）と外来の祖父（賀茂建角身命）が共に「御祖《みおやの》神《かみ》」として祀られている。古来の日本人は、このように身近な自然と祖先を畏れ敬い、カミとして信じ仰いできたのである。

その神々は、山の上や川の源、森や村の奥などに鎮まっていたが、やがて人々の住む村や家の中などにヨリシロ（依代↓社）が設けられた。それが上賀茂社においては、本殿と権殿《ごんでん》（仮殿）を左右に並べて「神山《こうやま》」を拝し、また下鴨社では、二柱の親神を左右に祀る形で造られている。

しかし、両社とも木造（屋根は檜皮葺）であるから、段々と汚れ傷んでくる。そこで、ほぼ二十年ごとに大修理を加え、遷宮祭を行ってきたのである。昨年（平成二十七年）、その両方を奉拝させていただいた。（↓18話）

カミのミアレと「ヒ」にあうマツリ

この上下両社で行われる最大のマツリが、賀茂祭＝葵祭にほかならない。それは現在五月初めから諸行事があり、ついで十二日昼、下鴨の御祖神が誕生される「御蔭祭《みかげまつり》」、また同日夜、上賀茂の別雷神が誕生される「御阿礼祭《みあれまつり》」が営まれる。「ミアレ」とは生まれることである。神々は、毎年生まれ替わることによって若々しい威力を保ち、人々にお蔭をもたらされる、と信じられている。

さらに十五日の本祭は、元来カモ地域のカモ氏族による私的な祭であったが、平安初期（九世紀）から天皇が勅使を遣わされて祭文と幣物を奉らしめられる勅祭となった。それが今でも、勅使代（元公家）と斎王代（女学生）の行列が京都御所から下鴨社を経て上賀茂社へ参進し、両方の社頭で勅使（宮中祭祀奉仕の掌典）が紅紙の祭文を奏上して、宮司が幣物を奉奠する形で行われている。

この祭は一般に「葵祭」とも称されるごとく、奉仕者も参列者たちも葵（アフヒ＝あおい）を身につける。アフヒの「ヒ」は、日・火・霊、いわば生命の源である。これによって、若々しいカモのカミに会い、そのパワーをいただくことができるという。

そうした神々を信じて慕い近づき纏う（まつう＝まとわりつく）ことこそが「マツリ」の語源だとみられる（若井勲夫氏説）。

31 「品性」とは凛々しさの表れか

平成二十八年（二〇一六）六月号

定年後に奉職しているモラロジー研究所では、毎月二回、専任と兼任あわせて十数名の研究員が、毎回二名、順番で（時には国内外の特別講師も招き）、「廣池千九郎研究会」と「現代倫理道徳研究会」を開催している。

廣池千九郎博士の「品性論」

その一例であるが、先般、東洋思想専門の宮下氏から「廣池千九郎の品性論」に関する発表があった。同氏によれば、「品性」とか「品格」という用語は、漢籍にほとんど見当たらないこと、明治の初め中村正直が『西国立志篇』（英スマイルズ著『Self Help』の翻訳）の中で character の訳語に用いていること、大正の終わりに内村鑑三が「成功の秘訣」として「人生の目的は品性を完成するにあり」と説いていること、ただ「品位」は中国でも日本でも古くから用例があり、明治の『哲学字彙』では dignity の訳語に充てられていること、そのいずれにしても内在的な徳性が継続的に蓄積された人間力（アリストテレスのいうヘクシス→habitus）の表れといってよいのではないか、という。それを聴きながら、これにあたる大和言葉は何か、考えさせられた。

モラロジー専攻塾生の凛々しさ

このモラロジー研究所では、学校法人麗澤大学とは別に、大学院レベルの志と力を持つ青年を毎年数名選抜して、二年間特別教育する「モラロジー専攻塾」がある。

昨春、この入塾式で来賓として招かれ祝辞を求められた。そこで、私も名古屋の大学院（修士）二年間と皇學館大学（助手）の二年間、田中卓博士の開設された「伊勢青々塾」に入れていただき、数名の大学生たちと寝食を共にしながら切磋琢磨したこと、土日以外毎朝、先哲の遺文を朗唱し、就寝前に日記を書きながら当日の言動を反省したこと、また世話になった方には、即日手紙を出すよう努めたこと、それらが以後の人生に大きな意味を持っていること、などを話して参考に供した。

そして、ふと塾生たちを見たところ、上級生も新入生も正に真剣な面持ちで聴いていることに気付いた。それは一般の学生にあまり見られなくなった凛々しさである。しかも、このような「凛々しさ」（引き締った爽やかな美しさ）こそが、日本人として、望ましい品性（品格・品位）の表れといってよいのではなかろうか。

しかも、それを「知・仁・勇」の三徳として最高度に鍛錬されるのが、日本的な帝王学ではないかと思われる。

32 吉田松陰と熊本志士の宮部鼎蔵たち

平成二十八年（二〇一六）七月号

吉田松陰（寅二郎、一八三〇～五九）は、観念的な空想論者ではない。進んで実地に赴き現物を確かめ、その実感に基づく現実的な計画を立て、その実現に向けて具体的な努力を続けるリアリストだったとみられる。

同志の金子重輔《しげのすけ》（一八三一～五五）に「学を為す方」を問われた松陰は、「地を離れて人無く、人を離れて事無し。故に人事を論ぜんと欲せば、先づ地理を観よ」と答えている。

九州で会った宮部鼎蔵と共に各地歴訪

こうした考えをもつ松陰は、嘉永三年（一八五〇）二十一歳の八月から、初めて藩外の九州遊学へ旅立った。このとき十歳年上の熊本藩士宮部鼎蔵《ていぞう》（一八二〇～六四）と出会えたことは、松陰にとって「実に有益」であった。鼎蔵は医家に生まれたが、伯父に就いて山鹿流兵学を修めながら、肥後実学党のリーダー横井小楠（51歳）らと交わっていたから、直ちに志が通じたのであろう。

しかも、翌四年（一八五一）四月、松陰（22歳）が藩主の参観に従って江戸へ出ると、折よく鼎蔵（32歳）も江戸に来ていた。そこで一緒に山鹿流兵学江戸宗家の山鹿素水に入門し、切磋琢磨に努めている。

さらに同年七月、二人とも北辺防備のため東北踏査を必要と考え、十二月に江戸を発ち、翌五年（一八五二）正月から雪をかきわけて会津・新潟・佐渡から秋田・津軽・青森・仙台・日光などを廻り、二人とも元気に江戸へ戻るが、松陰は脱藩の罪で萩へ送られた。

しかし、藩主毛利敬親《ただちか》の温情によって、松陰は翌六年（一八五三）諸国遊学を許され、再び江戸へ出た。そして六月、浦賀に来航した米艦（黒船）を調べにいく。ついで九月、長崎に来泊中のロシア軍艦を追って九州へ向かい、熊本に寄って宮部鼎蔵や横井小楠など十数名の肥後藩士と論談した後、長崎へ着くが、露艦は五日前に出航していた。

そこで、また熊本へ戻って宮部ら「熊本の諸友」に再会し、一旦萩へ戻った。しかも、ほどなく訪ねてきた宮部らと三たび江戸へ向かっている。

米艦乗り込み前後の松陰と鼎蔵

こうして江戸へ出た松陰は、嘉永七年＝安政元年（一八五四）正月、ペリーが神奈川沖に再来したことを知り、密かに金子重輔と米艦への乗り込みを企てた。

鼎蔵は初め松陰から決死の覚悟を示されて、身に帯びた愛刀と神鏡を贈り「皇神《すめがみ》の真《まこと》の道を畏《かしこ》みて思ひつゝ行け」と激励している。

その後、松陰・重輔が決起に失敗して投獄されると、鼎蔵は自責の念にかられて熊本へ退いた。そして、まもなく京へ上り、長州藩に加わって奮闘したが、元治元年（一八六四）六月、池田屋で吉田稔麿（24歳）らと密議中、新撰組に急襲され自刃してしまう。

このように、吉田松陰と宮部鼎蔵を通じて、幕末に於ける長州と肥後の志士人脈は、きわめて密接に結ばれていた。また、鼎蔵と親交のあった横井小楠の兄や甥は、アメリカに密航して、帰国後「熊本洋学校」の開設に努力し、多彩な人材を輩出している（その一人徳富蘇峰が明治二十六年（一八九三）『吉田松陰』を著す）。

これらを可能にした遠因も、松陰の雄大な志と果敢な言動にある、といえよう。

平成二十八年（二〇一六）八月号

33 昭和二十年八月の御聖断と玉音放送

御前会議における停戦の御聖断

宮内庁編『昭和天皇実録』によれば、昭和二十年（一九四五）八月十日未明（午前零時～二時半）、皇居吹上御苑の「御文庫」（防空壕）付属室で開かれた「最高戦争指導（御前）会議」に臨御された昭和天皇（満44歳）は、「議長の首相（鈴木貫太郎）より聖断を仰ぎたき旨の奏請を受けられ」「大局上、三国干渉時の明治天皇の御決断の例に倣い、人民を破局より救い、世界人類の幸福のために、外務大臣（東郷茂徳《しげのり》）案にて『ポツダム宣言』を受諾することを決心した」と仰せられている。

それのみならず、昭和天皇は十三日から翌朝までかけて「戦争終結への極めて固い御決意」を主要な関係者に伝えられた。そして十四日午前十一時、「御前会議に臨御……重ねて御聖断をくだされた」のである。

「戦争終結」詔書の録音と放送

この十四日、再度の御聖断ご説明に対し、依然として内外に徹底抗戦の動きもあった。そこで、昭和天皇は「陸海軍の統制の困難を予想され、自らラジオにて放送すべきことを述べられた後、速やかに詔書の渙発《かんぱつ》により心持ちを伝えられることをお命じになられ、警戒警報発令中の午後十一時二十五分、内廷庁舎の御政務室にお出まし……放送用録音盤作製のため、『大東亜戦争終結に関する詔書』を、二回にわたり朗読された」。

この録音盤は、翌十五日早朝、皇居内へ乱入した決起将兵の捜索をまぬがれて、午前十一時過ぎ内幸町の（ＮＨＫ）放送会館に運ばれ」、やがて正午「君が代吹奏、情報局総裁によるアナウンス、詔書の御朗読（玉音放送）」が行われたのである。

詔書に示された昭和天皇の御真意

この詔書の要点を抄出すれば、まず昭和十六年（一九四一）十二月八日「米英二国に宣戦せる所以《ゆえん》」は「帝国の自存と東亜の安定とを庶幾（希望）する」以外にない。しかし、四年に及ぶ交戦で戦局好転せず、しかも「敵は新たに残虐なる（原子）爆弾を使用して、頻りに無辜を殺傷」するに至り、交戦を継続すれば「我が民族の滅亡を招来」し「人類の文明をも破却」するおそれがあるため、「共同（ポツダム）宣言に応」ぜしめられた。

ついで、この大戦により「戦陣に死し職域に殉じ非命に斃《たお》れたる者、及びその遺族に想を致せば、五内《ごだい》（五臓）為めに裂く（悲しい極みである）。かつ戦傷を負ひ、災禍を蒙り家業を失ひたる者の厚生に至りては、朕の深く軫念《しんねん》（憂慮）する所」である。けれども、「時運の趨く所、堪へ難きを堪へ、忍び難きを忍び、以て万世の為に太平を開かん」と決心された。

さらに、この決断によって「国体を護持し得」ること、また天皇は「爾臣民《なんじ》の赤誠（真心）に信倚し、常に爾臣民と共に在」ること（君民一体）、それゆえに、今後とも「挙国一致、子孫相伝へて……総力を将来の建設に傾け、道義を篤くし、志操を鞏《かたく》し、誓って国体の精華を発揚し、世界の進運に後れざらんことを」強く求めておられる。

何と正々堂々たる御聖旨であろうか。いわゆる戦後七十年を超えても、私ども日本国民は、この詔書を精読して、それぞれの持ち場で微力を尽くしたいと思う。

34　東宮御教育常時参与の小泉信三に学ぶ

平成二十八年（二〇一六）九月号

小泉博士から『遺児の皆さんへ』

小泉信三博士（明治二十一年〈一八八八〉～昭和四十一年〈一九六六〉）が満七十八歳で他界されてから半世紀近くになる。私は生前お目にかかる機会をえなかったが、昭和三十年（一九五五）の夏休みに初めて靖國神社へ参拝した際、博士の書かれた『遺児の皆さんへ』という小冊子をいただいた。

その冒頭に「私も遺族」の一人で、「倅《せがれ》は慶応大学を出て……志願して海軍士官となり、昭和十七年の十月、南太平洋方面の海上戦闘で戦死しました。年は二十五でした」と記されており、急に親しみを覚えた。

小見出しは①「日本人の日本」②「同胞・祖先・子孫に対する義務」③「自ら国を護るということ」④「最も重く苦しい任務」⑤「死者を思え」から成る。

すなわち、我々は日本の国土に住む「日本国民」だから「国民として現在（同胞）と過去（祖先）と未来（子孫）に対する義務」をもち、とりわけ「自ら国を護る、護国の義務というものは、特に重い」のであるから、「日本を愛する者は、その日本のために死んだ人々のことを忘れてはなりません」と判り易く説かれている（全集所収）。

皇太子御教育に尽力された小泉博士

この小泉博士は、今上陛下の誕生された昭和八年（一九三三）（45歳）から同二十二年（一九四七）まで慶應義塾の塾長を務めた。戦時中、一人息子の信吉少尉が戦死され、ご自身も東京大空襲で顔面などに大火傷を負われたが、まったく節を曲げていない。

そこで、昭和二十一年（一九四六）春、学習院中等科へ進まれた皇太子明仁《あきひと》親王（12歳）の御教育係を懇請されて「東宮御教育常時参与」を二十四年から晩年まで務めている。

その間に行われた御教育の一端を伝えるのが、昭和二十五年四月の「御進講覚書」である。この中で博士は、敗戦後も「民心が皇室から離れず」むしろ「相近づき相親しむに至った」のは、「陛下（昭和天皇）の御君徳によるもの」だから、高等科二年の皇太子殿下（16歳）は「将来の君主としての責任を御反省になること」が「いささかも怠るべからざる義務である」「殿下の御勉強と修養とは、日本の明日の国運を左右するものと御承知ありたし」と進言している（慶大出版会刊『小泉信三アルバム』所収）。

『ジョオジ五世伝』の音読と訳解

ついで学習院大学へ進まれた皇太子殿下は、昭和二十八年（19歳）、英国女王エリザベス二世の戴冠式に父帝の御名代として参列され、その前後に欧米の各地を歴訪された。そして帰国後から御成婚の同三十四年春まで、H・ニコルソンの大著『ジョオジ五世伝』（英文五三一頁）をテキストにして、博士と二人で毎週二回交互に音読しながら、丹念な翻訳と解釈の論議を続けておられる（同氏遺著『ジョオジ五世伝と帝室論』平成元年、文藝春秋）。

その趣旨は、㋑ジョオジ五世（エリザベス二世の祖父）の生涯は「責任と義務ばかり多く、慰楽と休息の少ない君主の生活というものが、東西ともに変わらない」ことを示し、㋺「王が常に（終生）王位に在ること、及び党争外に中立すること」により「国または国民の永続的利害を察する上で、特殊の感覚と見識を養わしめる」こと、㋩「立憲君主は（政治家にも）道徳的な警告者たる役割を果たす」が、「そのためには君主が無私聡明、道徳的に信用ある人格として尊信を受ける人でなければならぬ」という。

小泉博士は、このように今上陛下の御教育係を二十年近く誠心誠意務められたのである。

35　全国育樹祭への皇太子殿下行啓

平成二十八年（二〇一六）十月号

今年の第四十回全国育樹祭は、十月八日（土）京都の宇治市で開催される。それが昨年は、十月十一日（日）に岐阜県の揖斐川町谷汲で行われた。

戦後の昭和天皇が全国の都道府県において順番で主催する行事に臨席されたのは、春の全国植樹祭と秋の国民体育大会であった。平成に入ると、それに「全国豊かな海づくり大会」も加わり、あわせて三大行幸という。

岐阜県谷汲は「全国育樹祭」発祥の地

このうち、全国植樹祭の第八回大会が、昭和三十二年（一九五七）四月七日、郷里の岐阜県揖斐川町谷汲で開催された。当時、高校入学早々の私は、天皇陛下（55歳）と皇后陛下（53歳）を初めて間近に拝することができた。

平成27年10月11日 谷汲の「天皇林」で開催された全国育樹祭に行啓された皇太子殿下の御即位を奉祝して揖斐川歴史民俗資料館の庭に建立の「今上陛下御大礼記念」碑（坪井進氏揮毫、著者寄進）。
令和元年9月22日、橋本秀雄氏撮影

それから足かけ二十年後の昭和五十一年（一九七六）七月、岐阜市で開かれた全国献血推進大会に、皇太子殿下（42歳）と同妃殿下が行啓された。その際、昭和天皇お手植えの杉・桧が立派に成長した姿を確かめられ、地元の名人による見事な枝打ちなどを御覧になって、いたく感心されたという。

そこで当時の県知事が、天皇陛下のお手植えされた木々を皇太子殿下にお手入れしていただけるならば、育樹（育林）の御手本を示されることになる、と熱心に要請した。そして同年秋十一月、殿下の行啓は叶わなかったが、国土緑化推進委員会と岐阜県の共催により、谷汲で「全国育林祭」が行われている。

のみならず、これが発端となって、翌昭和五十二年（一九七七）九月、大分県別府市で第一回「全国育樹祭」が開始された。以後毎年、秋、皇太子・同妃両殿下のご臨席を賜り、励行されている。その意味で、岐阜の谷汲は、全国育樹祭発祥の地と称してよい。

揖斐郡三町民による行啓奉迎の集い

その全国育樹祭が昨年十月、かつて植樹祭の行われた谷汲で催されるに先立ち、九月十二日（土）郷里の人々が、皇太子殿下の行啓を奉迎する集いに尽力した。

当日は好天に恵まれ、会場一杯に二〇〇名余りの参加者があった。まず丸山幸太郎岐阜女子大学教授が「揖斐郡の森づくりと天皇行幸」と題する大変有意義なお話をされた。その後、私が「全国育樹祭と皇太子殿下行啓の意義」に関する話をさせていただいた。

今の皇太子殿下は、父君のもとで公務に日々精励され、とりわけ自然環境（特に水）の諸問題に、国内でも国連などでも積極的に取り組んでおられる。

皇太子殿下の卓越した御見識と御活動

その皇太子殿下が、平成二十六年（二〇一四）十月十二日、山形県金山町（遊学の森）で開催の育樹祭において「多くの先人の努力によって守り育てられてきた豊かで美しい森林は、国土の保全や水源の涵養、木材の生産など、人々の生活にとって、かけがえのない役割を果たしています。……こうした森林の大切さを思うとき、これまで緑を守り、育んできた技術や文化を、次の世代に引き継いでいくことは、極めて大切なことであります」と述べられた。育樹祭の本義は、この御言葉に尽きている。

しかも、その後、金山小学校へお立ち寄りの際、生徒たちの紙芝居などを御覧になった。それを詠み込まれた御歌「山あひの紅葉深まる学び舎に本読み聞かす声はさやけし」が、雅な宮中歌会始（御題「本」）で披講されている。

36 近世・近代の雅な京都大礼記念展覧会

平成二十八年（二〇一六）十一月号

大正大礼から満百年を機に

昨年（平成二十七年）は、大正四年（一九一五）十一月に京都で大礼（即位礼・大嘗祭・大饗）が行われてから満百年であった。

この大礼は、明治二十二年（一八八九）制定の「皇室典範」と同四十二年（一九〇九）公布の「登極令《とうきょくれい》」に基づいて、京都において実施された近代的な皇位継承儀礼と祭祀である。それと同様に、昭和三年（一九二八）も、十一月に京都で行われている。

そこで、宮内庁京都事務所は、昨年四月の京都御所一般公開に際して、大正大礼のため再建された春興殿《しゅんこうでん》（古来の内侍所《ないしどころ》）などを外から拝見できるよう配慮された。またすでに昭和十二年（一九三七）までに宮内省で編纂されていた『大正天皇実録』が、宮内庁から全面公開されるに至った。

それとは別に、私は、京都府と京都市が数年前から提唱している「双京構想」の有識者懇談会に招かれた際、京都が明治以降も「ミヤコ」（天皇の宮《みや》殿のある処《こ》）として機能した大正大礼と昭和大礼の意義を説明すると共に、「大正京都大礼百年」を記念するにふさわしい展覧会を京都で開催してほしい、と要望してきた。

今秋「近世京都の宮廷文化展」を開催

しかしながら、このような展覧会は、府も市も直ちに予算を組むことが難しく、民間の有志で工夫するほかないことが判った。そのため、京都在住の宮廷文化に精しい方々に相談したところ、大正の即位礼儀場（紫宸殿と南庭）や威儀物を展示するための精巧な模型などを所蔵される井筒装束店の顧問が、全面的な協力を確約された。

そこで、いろいろ検討するうちに構想が大きくなった。その結果、とりあえず私が実行委員会の代表を引き受け、今秋九月十日から十一月十三日まで、京都市伏見区にある京セラ美術館と城南宮の両会場で、「近世京都の宮廷文化」展覧会を開く。

ついで、平成二十九年十月から三十年一月までの四カ月間、明治神宮（中島精太郎宮司）の格別な計らいにより、参道途中にある文化館を主会場として「近代御大礼と宮廷文化」展覧会を開催できることになった。

さらに、同三十年（二〇一八）は明治維新一五〇年記念の思いも込めて、八月から九月まで、京都岡崎の細見美術館と京都市美術館別館において、「京都の御大礼」展覧会を、京都市などと共催で開く予定も決まった。

ボランティアの奉仕で全期間無休

今秋の展覧会には、光雲寺所蔵の秘仏とされる東福門院（後水尾院中宮・明正女帝生母）木像をはじめ、小原利康氏の所蔵する重文クラスの「東山天皇御即位式屏風」、また同氏から皇學館大学神道博物館に寄贈された江戸時代の即位式・大嘗祭に関する多彩な絵図や克明な記録、さらに井筒宗教文化研究所や伝統文化保存協会の所蔵する大正即位式儀場の精巧な模型などが初めて一堂に会する。

その上、両会場とも入場無料で休館日無し、二カ月を超す期間中、市民有志（NPO法人都草《みやこぐさ》・京滋モラロジー・京都産業大学同窓会など）が、会場で毎日ボランティアをしてくださることになった。感謝にたえない。

このような大礼展覧会は、日本的な宮廷文化の粋を視覚的に実感できる機会となろう。

37 今上陛下のお務めと高齢譲位への道

平成二十八年（二〇一六）十二月号

この年十二月二十三日に満八十三歳となられる今上陛下は、去る七月十三日夜、NHKにより「〝生前退位〟のご意向」をもっておられることがスクープされた。その段階から「数年以内の御譲位を望まれているということで、天皇陛下自身が広く内外にお気持ちを示す方向で調整が進んでいます」と伝えられていた。

「象徴天皇としてのお務め」

それが、八月八日午後三時から約十一分間、「象徴としてのお務めについての天皇陛下のおことば」という題のビデオメッセージとして全テレビ局から放映された。

その「お務め」は、一方で現行憲法の定める「国事行為」があり、他方で「伝統の継承者としてそれ（宮中祭祀など）を守り続ける」ことがある。さらに「象徴と位置づけられた天皇」として何をすべきか「日々模索しつつ、人々の期待に応える」ため、いわゆる公的行為があり、それらに「全身全霊をもって」取り組み続けてこられたのである。

それは「国民統合の象徴」という地位にある天皇ご自身が行われるべきものであって、徐々に削減するとか「摂政」に代行させて済むことではない。（↓44話）だから、二度の大きな手術を受けられ八十代に入って体力の低下も進む現在、その地位と役割を次の世代に譲ることで「象徴天皇の務めが常に途切れることなく安定的に続いていくことをひとえに念じ」ておられるのである。

今回判明した「退位のご意向」は、単にご自身のためでなく、「象徴天皇としてのお務め」を十分担当できる若い後継者への引継ぎを可能にするご叡慮と拝察される。新憲法の下では、それを可能にする法的措置を工夫しなければならない。それが実現するならば、超高齢化社会に生きるトップリーダーとして最良の模範を示されることになろう。

〝高齢退位〟を実現する方法

今上陛下のご意思を実現するための方法としては、かつて宮内庁の高尾亮一氏が、昭和三十七年（一九六二）憲法調査会に提出した「皇室典範の制定経過」で、終身在位を原則としながら「もし…退位が必要とされる事態が生じたならば、むしろ個々の場合に応ずる単行特別法を制定して、これに対処すればよい」と述べておられる。

これは、今回のように高齢のみを理由として譲位を可能とする現実的な対処法であろう。ただ、陛下は「どのように身を処していくことが国にとり国民にとり、私の後を歩む皇族にとり良いことであるか」を考えておられることに深く思いを致せば、一代限りの特別措置法だけで済ませてよいとは思われない。

もし典範第一条の皇位継承者を「男系の男子」に限り続けるのであれば、第八条を改めて「皇弟」も皇嗣に加え「皇太弟」とする。また第九条を改めて皇族間の養子を可能にすれば、悠仁《ひさひと》親王を新天皇の仮養子として「皇太子」に立てるようなことも考えられよう。

38　年賀状の年表記は公的な元号優先で

平成二十九年（二〇一七）一月号

「平成」元号は満三十年までか

「平成」の元号は「国の内外にも天地にも平和が達成される」ことを意味しており、当代の理想表明にほかならない。ただし、この元号（年号）が、いつまでも続くわけではない。どの天皇にも御寿命があり、先帝陛下は満八十七歳八カ月余りで御生涯を閉じられ、「昭和」元号は六十四年目（満62年と前後二週間）で終わった。

しかし、現在八十三歳の今上陛下は、目下検討されているご高齢ゆえの御譲位（高齢譲位）に関する法的整備が成立すれば、三年以内に改元される蓋然性が高い。

何となれば、陛下は昨年八月八日に公表された「象徴としての務めについてのおことば」の冒頭で、「二年後には平成三十年を迎えます」と仰せられ、また数年前から「平成三十年までは頑張る」という御意向を宮内庁の参与・長官・侍従長らに伝えてこられたという（元宮内庁参与・三谷太一郎博士の証言、『文藝春秋』十月号参照）。

従って、もしも御即位満三十年となる平成三十一年（二〇一九）一月七日の後まもなく譲位されるならば、「元号法」に基づいて、直ちに新元号が制定され施行されるであろう。

元号も「日本国民統合の象徴」

このように天皇の御在位と近現代の元号は不離一体の関係にある。これを「一世一元」とも「一代一号」ともいう。その意義は極めて大きい。

周知のとおり、戦後の「日本国憲法」に「天皇は日本国の象徴であり、日本国民統合の象徴」と定められている。この「象徴」は、新憲法起草の原則を指示したGHQの最高司令官マッカーサーでさえ「天皇は元首」（the head of the state）と認めていたのであるから、日本国を対外的に代表する「元首」に相当する。また、日本の天皇は、戦前の帝国憲法時代でも「国民統合の象徴」（the symbol of it（the nation）'s unity）と解されてきた（新渡戸稲造博士の英文著書『日本』昭和六年刊など）。

しかし、この「象徴」は、憲法学者の宮澤俊義博士が説いた「国旗のようなもの」ではなく、世襲の皇統を受け継がれる格別な人格であり、決して形体の固定したモノではない。日本国の天皇としての自覚と理想をもたれる唯一至高のヒトであり、国家・国民のために役割（お務め）を果たされることによって〝統合の象徴〟と仰がれる。

そのような象徴天皇の在位年次を端的に表すのが一世一元（一代一号）の元号であるから、元号も「日本国民統合の象徴」といえよう。ただ、それは国民が日常的に実用しなければ無意味なものになってしまう恐れがある。

今のところ、公的な役所への届出書類や免許証、銀行通帳などは、元号表記で統一することが原則になっている。しかし、近頃は政府や自治体などの出す文書にすら、西暦のみで表記したものが少なくない。

そこで、せめて新年を寿ぐ年賀状くらいは、「平成」の元号を優先的に使用してほしい。

元号だけでなく、元号（西暦）の形でもよいが、そうすれば、象徴天皇のもとに統合される日本国民としての一体感を共有できよう。

39 ヤマト朝廷による日本建国過程

平成二十九年（二〇一七）二月号

今から千三百年ほど前に勅撰された『日本書紀』によれば、初代の神武天皇（カムヤマトイワレヒコノスメラミコト）が即位されたのは、辛酉《かのととり》年の元日と記されている。その実年代は、あまりにも昔のことだから、容易に実証しがたい。しかしながら、明治新政府は、それを日本の紀元（建国の起点）を祝う日「紀元節」とするため、新暦に換算して西暦紀元前六六〇年の二月十一日と定めた。

その紀元節は、戦後GHQの指令により、廃止させられた。しかし、全国的な有志の粘り強い努力により、昭和四十一年（一九六六）「建国記念の日」として「国民の祝日」に加える形で復活し、翌年に実施されてから今年で満五十年になる。

私は「建国記念の日」奉祝のため、毎年どこかの行事に出講してきた。今年は昨年と同じく、京都と近辺の若いモラロジー有志たちが企画中の行事を応援する。

また、一昨年は奈良県の北葛城郡広陵町（四～六世紀の馬見古墳群の中心地）において恩師田中先生の「ヤマト・日本国の成立史」に関する卓説を紹介した。

その要旨は、（イ）桜井市の三輪山麓（奈良西北）にある纒向《まきむく》遺跡の建物（特に大型のD棟）は、三世紀前半の遺構と確認されており、これが第一〇代崇神天皇朝の「水垣宮《みずがきのみや》」跡と推測され、この近くに垂仁・景行天皇の宮殿もあったと伝えられる。（ロ）そうであれば、初代の神武天皇は、それより九代前（おそらく一世紀初め前後）九州から東征して「磐余《いわれ》」（桜井市南西郡から橿原市北東部あたり）に拠点をすえ、在地の有力な三輪氏ゆかりの姫を后妃に迎え、まもなく畝傍山《うねびやま》近くの橿原宮《かしはらのみや》で即位された、という記紀の伝承は、大筋で史実と推認して大過ないであろう。（↓68話）

田中卓博士〈大正 12 年（1923）～平成 30 年（2018）〉を御宅にお見舞いした私（75 歳）。平成 29 年 7 月 23 日、清水潔氏撮影

ついで（ハ）四世紀前半ころ、景行天皇の皇子の倭建命《やまとたけるのみこと》（日本武尊）が九州も東国も平定されたのみならず、その後半には、仲哀天皇の皇后、息長足姫尊《おきながたらしひめのみこと》（神功皇后）が朝鮮（新羅あたり）まで遠征されたことは、五世紀後半に雄略天皇（ワカタケルオオキミ）＝倭王武が中国（南朝の宋）へ送った上表文にも明示されている。

さらに（ニ）このヤマト朝廷が、五～六世紀に中国から朝鮮（百済）を経て儒教や仏教を受容した。（ホ）やがて七世紀代に、隋唐から学んだ律令体制を形作り、「日本」という国名も「天皇」という帝号も成立するに至った、と推断してよいと思われる。（→68話）

40 「摂政」も「臨時代行」も天皇に及ばない

平成二十九年（二〇一七）三月号

昨年の夏、今上陛下が、高齢化の進行を憂慮され、心身ともお元気なうちに「譲位する」ご意向を公表された。その際、「摂政」も「臨時代行」も「象徴天皇」の役割を十分に果たし得ないと仰られた。それは何故であるかを検証しよう。

現行法の「摂政」と「臨時代行」

まず現行の日本国憲法は、象徴・世襲の地位・身分にある天皇の役割について、第四条で「天皇は、この憲法の定める国事に関する行為のみを行ひ、国政に関する権能を有しない」と規制し、その第二項で「天皇は、法律の定めるところにより、この国事に関する行為を委任することができる」と代行を認めている。

そこで、後者のために作られた法律（昭和三十九年公布）によれば、国事行為ができないときには、他の皇族に委任して臨時代行をさせることができる。しかしながら、厳密にいうと、国事行為以外の役割を代行すれば違法とみなされかねない。

また、憲法の第五条に定められる「摂政」は、「天皇の名でその国事に関する行為を行ふ」という。しかし、この摂政も、同様に限界があると解するほかない。

憲法に基づく皇室典範は、第十六条で「天皇が成年（満18歳）に達しないとき」、ないし「精神若《も》しくは身体の重患又は重大な事故により、国事に関する行為をみずからすることができないとき」に限って、「皇室会議の議により、摂政を置く」と定めている。この摂政も、厳密にいうと「天皇の名で」国事行為以外は代行できないことになる。

天皇ご自身による祭祀行為

ところが、現行憲法の施行後七十年間、昭和天皇も今上陛下も、（イ）「国事に関する行為のみ」を行ってこられたわけではない。憲法の第六条と第七条に定める国事行為は、おもに「日本国の象徴」（元首に相当）として行われる名誉的・儀礼的な任務が多い。けれども、それ以外に、（ロ）「象徴としてふさわしい公的行為」が国事行為の何十倍もある。また、（ハ）「皇室の伝統的な祭祀行為」（大祭・小祭など）も毎年二十回以上にのぼる。

では、現行法下の「摂政」や「臨時代行」というのは、（イ）以外に（ロ）も（ハ）も行いうるのであろうか。戦後「摂政」の置かれた例はないが、それより条件の軽い「臨時代行」は、昭和四十年代から何度も置かれてきた。その代行者（ほとんど皇太子）は、（イ）だけでなく、（ロ）も（ハ）も全て行いえたものと思われやすい。

けれども、実際は天皇ご自身でなければできないことがある。とくに「伝統継承者」として精励される祭祀行為（宮中祭祀）は、明治以来の「皇室祭祀令」に準拠するが、たとえば毎年元旦早朝、神嘉殿の南庭で営まれる平安初期以来の「四方拝」は、「（天皇）出御無きの時、御代拝に及ばず」（代行不可）とされてきた。

また、年中祭事で最も重要な十一月二十三日の夜分に営まれる「新嘗祭」では、「皇室祭祀令」付式により、天皇ご自身が神嘉殿の母屋で正座され、「神饌御供進」「御拝礼・御告文を奏す」のみならず、「御直会《なおらい》」（神饌の一部を自ら召し上がること）こそ深い意味をもつ。しかし、天皇の出御が無い時、「神饌は掌典長これを供進す」るけれども、肝心の「御直会」（本祭の核心）は代行できないのである（元侍従長・元掌典らの証言参照）。

41　神武天皇の御陵と宮中の式年祭

平成二十九年（二〇一七）四月号

昨年の四月三日、神武天皇の「二千六百年式年祭」が執り行われたことは、テレビなどでも報じられた。また、百年前の大正五年（一九一六）四月三日には、大正天皇（36歳）が貞明皇后（31歳）と共に、奈良県橿原市畝傍の神武天皇陵へ親謁（祖先に親しく拝謁）されたことは、当時の新聞にも詳しい。

百年前の式年祭における御製漢詩

その際、天皇の詠まれた「謁畝傍陵（畝傍の陵に謁す）」という漢詩（七言絶句）が『大正天皇実録』に載っている。それを私流に読みくだして仮訳を試みれば、次の通りである。

松柏、山を囲みて緑鬱然《うつぜん》たり、白雲揺曳す寝陵の前、
基を肇め統を垂る天業を仰ぐ、緬邈《めんばく》たり二千五百年。

（仮訳）松や柏が山陵を囲んで緑深く茂っており、神武天皇の御霊が鎮まる陵のあたりには、白い雲が棚びいている。初代の天皇となって皇室の基を作り、それを子孫に伝えられた御事績を仰ぐと、遠く遥かな二千五百年の歴史が偲ばれる。

※木下彪氏の謹解本（明徳出版社）・西川泰彦氏の拝読本（錦正社）参照。

前の二句で御陵近辺の情景を的確に描写され、後の二句で神武天皇が皇室（天皇）の基を立てられ、皇統が長らく今に至るまで続けられてきた「天業」（天皇の偉業）を敬仰する感慨を見事に表現されている。

大正天皇は漢詩を得意とされ、十代中頃から三十代中頃までに詠まれた一三六七首以上が現存する。同時に和歌も好まれ、六八九首現存し、そのうち二五一首が『大正天皇御製歌集』に収められている。※岡野弘彦氏『おほみやびうた』（邑心文庫）参照。

今上天皇は御陵へ　皇太子殿下は宮中で

百年前の式年祭では、皇太子裕仁《ひろひと》親王（満15歳直前）が未成年のため、宮中の皇霊殿における祭儀は、伏見宮貞愛《さだなる》親王（57歳）が奉仕された。

それに対して、今回の式年祭では、先帝（昭和天皇）の式年祭と同様、天皇・皇后両陛下が御陵に参向され、皇霊殿における祭儀は、皇太子・同妃両殿下が奉仕された。

天皇の神霊が祀られている皇居の外の御陵と皇居の内の皇霊殿は、両方とも重要な祭祀の場所である。そのため、天皇・皇后両陛下が御陵において、また皇位継承者の皇太子殿下が皇霊殿において拝礼されたのである。

皇室の式年祭（一定年数、三・五・十・二十・三十・四十・五十・一〇〇年、以後一〇〇年ごと）は、明治四十一年（一九〇八）制定の「皇室祭祀令」に準じて行われる。

皇太子殿下は、宮中三殿の奥にある綾綺殿で黄丹《おうに》の袍《ほう》に着替えなどをされた後、皇霊殿へ移動して内陣に進み、拝礼してから、神武天皇への御告文を読まれた。ついで十二単の皇太子妃殿下が皇霊殿の内陣に進み、拝礼をされた。

他の皇族方は、基本的に洋装で、皇霊殿の階段下から拝礼される。未成年の敬宮愛子さまと悠仁さまは、祭祀に参加されないが、御慎のため、お住まいで静かに過ごされる。

古来の日本人は祖先祭祀を大切にしてきたが、その格別なお手本を示されているのが、わが皇室に他ならないと思われる。

42　四国に遷幸された土御門上皇の遺蹟歴訪

平成二十九年（二〇一七）五月号

今から約八〇〇年前の承久三年（一二二一）、後鳥羽上皇（42歳）は、朝権回復のため討幕の兵を挙げられたが、あえなく敗北して隠岐へ流された。その父君と行動を共にした順徳上皇（25歳）も佐渡へ流されている。

それに対して、土御門上皇（27歳）は、挙兵に同調されなかった。しかし、父君も弟君も遠島へ流されたのに、自分だけ都に留まることはできないとの思いから、あえて四国へ遷られた。その足跡は詳しくわからないが、最初の土佐にも晩年の阿波にも、伝承地が随所にある。高知モラロジー有志の案内で、そのいくつかを訪ねることができた。

土佐を転々として阿波へ

土御門上皇（一一九五〜一二三一）は、京都から淀川をくだり、瀬戸内海を経て、讃岐から「土佐の国のはた（畑・幡多）といふ所に渡らせ」給うた（『増鏡』）と伝えられる。そこで、この「はた」を捜し歩いたところ、現地に古来さまざまな伝説がある。その伝承地は、旧幡多《はた》郡（現在の四万十《しまんと》市と周辺）内の旧中村市と旧大月町に多い。

ひとつは、後川上流の「天王《てんのう》」と称する地区の岡に祀られる高良《こうら》神社である。その拝殿は相当に古く、屋根瓦に菊花紋が刻まれている。もうひとつは、その対岸の「ナラダバ」（平らな台場の意か）と称する地区で、小高い山の中腹に古くから海蔵寺という寺があり、平安末期の作と鑑定される地蔵菩薩などの木彫を所蔵する。

従って、この辺りも立地条件は良いから、仮の御在所があった蓋然性は高い。土御門上皇は、土佐に二年近く居られたが、各地を転々と移動せざるをえなかったから、伝承地が何カ所もあるのであろう。

もうひとつは、『吾妻鏡』貞応二年（一二二三）五月二十七日条によると、幕府（北条執権）からの沙汰によって「土御門院、土佐国より阿波国へ遷御あるべき」ことになり、その途次に立ち寄られたという旧香美郡（現香南市香我美町）岸本の月見山である。『土御門院御集』「詠述懐十首和歌」に「野に寄す」と題する「かがみのや　たがいつはりの

なのみして　こふる都の　かげもうつらず」という一首がある。

これが詠まれたと伝えられる小高い山へ登ってみると、まことに見晴らしがよい。この「鏡野」と称する所で、月を仰ぎ海を眺めながら、都を偲ばれたのであろうか。

笠井藍水《らんすい》の遺著『土御門上皇御聖蹟之研究』

ついで上皇が遷られた阿波の遺跡（阿波市土成町の御所神社、鳴戸市大麻町の阿波神社など）も、徳島モラロジー有志の案内で訪ねた。そのうち最も感銘を受けたのは、鳴門市池谷町にある土御門上皇の御火葬塚（陵）である。ここは他所と同様、宮内庁の所管であるが、いつも清掃されているのは、京都から上皇に随《したが》ってきた従者の子孫だという。

また、この機会に笠井藍水著『土御門上皇御聖蹟之研究』上下二巻（全約四〇〇頁）と出会った。従来この労作は、研究書も事典類も文献に挙げていないが、徳島県立図書館にあるガリ版刷本の複写を分けていただいた。

その上巻には、基本史料を異本まで含めて列挙し、自身の解釈と実地踏査の成果を盛り込み、下巻には、伝承地に関する諸氏の論説を網羅してあり、良心的な学術書といってよい。著者の藍水氏（明治二十四年〈一八九一〉～昭和四十九年〈一九四七〉）は、考古学者笠井新也氏の実弟である。

43　G7サミット首脳の「神宮訪問」所感

平成二十九年（二〇一七）六月号

昨年（二〇一六）五月二十六日・二十七日の両日、いわゆるG7の首脳が日本の伊勢志摩に集まってサミット（頂上会談）を行った。

その終了直後、アメリカの現職大統領が広島の原爆遺跡を訪問されたことは確かに大きな意義があろう。しかし、それに劣らず深い意味があるのは、G7の首脳とEU代表が、揃って伊勢の神宮を「訪問」という形で御垣内に入り正式参拝したことである。

しかも、全首脳が参拝後に内宮の神楽殿で記帳した。その所感（原文と試訳）が、神宮のホームページに掲載されているので、その試訳を左に引用しておこう。

①アメリカ合衆国　バラク・オバマ大統領

幾世にもわたり、癒しと安寧をもたらしてきた神聖なこの地を訪れることができ、非常に光栄に思います。世界中の人々が平和に、理解しあって共生できるようお祈りいたします。

②フランス共和国　フランソワ・オランド大統領

日本の源であり、調和、尊重、そして平和という価値観をもたらす、精神の崇高なる場所にて。

③ドイツ連邦共和国　アンゲラ・メルケル首相

ここ伊勢神宮に象徴される日本国民の豊かな自然との密接な結びつきに、深い敬意を表します。ドイツと日本が手を取り合い、地球上の自然の生存基盤の保全に貢献していくことを願います。

④イギリス連合王国　デービッド・キャメロン首相

日本でのＧ７のために伊勢志摩に集うに際し、平和と静謐、美しい自然のこの地を訪れ、英国首相として伊勢神宮で敬意を払うことを大変嬉しく思います。

⑤イタリア共和国　マッテオ・レンツィ首相

このような歴史に満ち示唆に富む場所ですばらしい歓待をいただきまして、ありがとうございます。主催国である日本と我々全員が、人間の尊厳を保ちながら、経済成長及び社会正義のための諸条件をより力強く構築できることを祈念します。

⑥カナダ　ジャスティン・トルドー首相

伊勢神宮の調和に、繁栄と平和の未来を創るという我々の願いが映し出されますように。

⑦ＥＵ　ドナルド・トゥスク欧州理事会議長

静謐と思索の場。そして日本についての深い洞察。どうもありがとう！

これら首脳は、ほとんどキリスト教徒であろうが、各国のトップリーダーとして日本の聖地ＩＳＥ・ＪＩＮＧＵに集い、安倍晋三首相の先導によって宇治橋から正殿前まで歩き、御垣内に入って正式参拝の形をとった。これは画期的な意義があり、各々の感銘が率直に表現されている。

日本の神道、とりわけ伊勢神宮や靖國神社は、戦後長らく甚しい誤解を受けてきた。しかしながら、今や自然と恩人（皇祖も英霊も先祖たちも）に畏敬の念をもち感謝するような真心は、日本人だけでなく外国の人々にも見直されつつある。その象徴として、サミット首脳の「神宮訪問」と所感は、かなり高く評価されてよいであろう。

44　伊勢の「神宮」には「ノ」がない

平成二十九年（二〇一七）七月号

近頃は身近に多種多様な情報が溢れている。私の場合、ほとんど毎日、数種類の新聞や多様な雑誌に目を通すが、まずよく読むのはコラム（研究余録・評論随筆など）である。

神宮司庁の広報誌のコラム

たとえば、神宮司庁編『瑞垣《みずがき》』の近刊二三四号に「こぼれ話」として「〝宮〟の字」と題する音羽悟氏の一頁コラムがあり、興味を覚えた。これによると、一般に「お伊勢さん」の名で親しまれる伊勢の「神宮」（皇大神宮・豊受大神宮）では、「古来〝宫〟の字を慣例で使用してき」たから、「現在も看板や毛筆体の正式文書等には〝ノ〟なしの〝宫〟の字を専ら使用している」という。

その裏付けとして、神宮関係史料のうち、（イ）「平安末期（一一四四）の『天養記』の官宣旨案や祭主下文案等」、（ロ）「鎌倉時代の古写本の『皇太神宮儀式帳』『止由気宮儀式帳』」、（ハ）「室町末期の古写本の『皇大神宮年中行事』」、（ニ）「元禄年間に林大学頭鳳岡《ほうこう》が筆録した豊宮崎文庫の扁額」が挙げられている。

「宫」は「宮」の方が古いか

そこで、この機会に少し調べたことをメモしておこう。その一つは、「宫」をなぜ「ノ」のない〝宫〟と書くのか、もう一つは、その〝宫〟の用例はどこまで遡ることができるか、である。

まず前者に関しては、白川静氏の『字統』（平凡社）によれば、「宮」は殷代の甲骨文も青銅器類の金文も「宀」（廟堂）と「呂」（宮室）から成る。下の「呂」も、甲骨文・金文がほぼ同じ〝呂〟（「ノ」なし）で、「青銅器などを作る時の銅塊の形」を表すという。従って「宮」はむしろ元来〝宮〟（「ノ」なし）であったとみられる。

つぎに「ノ」のない〝宮〟の用例は、五・六・七世紀代の金石文（「宮」か〝宮〟か不鮮明）を別にすれば、八世紀代の木簡や文書に少なからず見られる。たとえば奈良文化財研究所の「木簡データベース」（木簡字典）を検索すると、平城京出土木簡に天平七年（七三五）十月「若田部〝宮〟」とか天平勝宝八歳（七五六）八月十六日「〝宮〟舎人」等とある。年月日不明ながら、平城宮蹟内（奈良市佐紀町）から出た付札にも「大神宮」と明記されており、「ノ」がない。

なお『正倉院文書』正編の天平十七年（七四五）四月十八日「大粮申請雑文」にも〝宮〟の字がある。従って、「ノ」のない〝宮〟の字は、少なくとも奈良時代から広く用いられていたとみられる。

ちなみに、伊勢の「大神宮」は、「皇太神宮」（前記の儀式帳古写本）のように、点のある「太」字の用例が多い。しかしながら、右の平城宮蹟木簡にはハッキリ「大神宮」と書かれている。とはいえ、藤原京出土木簡や正倉院文書（戸籍など）を見ると、『続日本紀』に改元記事のある「大寶」年号（七〇一～七〇四）は、ほとんど「太寶」と記される。

この点も、「大」の方が「太」より古いようである。前掲『字統』によれば、「大」は「人の正面形に象る」が、「太」は「大から分岐したもの」で、古くから「区別なく用いた」けれども、のち「太一神・太陰・太陽・太極・太玄・太山・太子・太公望などは、慣用的に太を用いる」ようになったという。

45 皇室永続の可能性を拡大する試案

平成二十九年（二〇一七）八月号

日本の皇室は、本家にあたる「内廷」と分家にあたる宮家から成る。この内廷も宮家も、天皇陛下のもとに皇族が居られてこそ、国家・国民のために必要な役割を果たされ得る。その皇室を構成する皇族が今や次第に減少し、やがて衰滅する恐れすら少なくない。

皇族女子による宮家の継承も可能に

昨年八月の「おことば」に大多数の一般国民が共感して動き始めた今上陛下の「高齢譲位」は、今年六月の国会で「特例法」が成立した。これによって、ご高齢の天皇陛下から次世代の皇太子殿下へと、皇位もご公務も順調に承け継がれていくことになろう。

その矢先、秋篠宮家の長女眞子内親王（25歳）の御婚約内定の報が流れた。このままに数年推移すれば、次女の佳子内親王（20歳）も結婚され、やがて秋篠宮殿下が皇位継承される段階で、長男の悠仁《ひさひと》親王が皇太子となられたら、秋篠宮家も消滅するほかない。

そこで、早急に検討すべきは、皇室典範の第十一条を改正して、男子のいない宮家では皇族女子が一般男性と結婚されても、皇族の身分に留まれば当家を相続できるようにすることである。その場合、現在三代先までは「男系の男子」が皇位継承の可能な状況にあるのだから、およそ三十年間、この原則は変更しない（ただ男系男子の限定でなく優先にすることが求められる）、という大前提に立って議論を先へ進めなければならない。

その上で、皇族女子は内親王に限るか、女王も含めて長女に限るか、すべての内親王・女王を含めるか、という対象範囲を検討することが求められる。

また、結婚する夫とその間の子を皇族身分にするかどうか、その皇族女子を当主とする宮家の子孫に皇位継承の資格を認めるかどうか、慎重に検討する必要があろう。

現皇室に近い旧宮家子孫の養子も可能に

ただ、皇位継承と同じく宮家継承も、従来どおり男子に限るべきだ、という男系男子論の声が高い現在、第十一条を改正しても、皇族女子を当主とする宮家に入って皇族の務めを果たす勇気と品格を具えた一般男性は、容易に得られないかもしれない。

そうであれば、現皇室に血縁の近い東久邇家（現当主の生母は昭和天皇の皇女成子内親王）など、旧宮家の子孫が「養子」として皇室に入れるよう、典範の第九条（皇族養子の禁止規定）を改正する検討も必要であろう。

とはいえ、一般国民として生まれ育った方が、いきなり皇室に入ることは容易でない。そこで、そういう由緒正しい名家の適任者が、天皇直属の内廷職員に任用され、准皇族的な扱いで公務奉仕の経験を積みながら、その子弟を皇族となるにふさわしく育てるならば、やがて皇室から養子に求められるような可能性は高まるかもしれない。

ともあれ、現状を放置すれば、皇室を構成する方々が、次々と居られなくなってしまう。おそらく二十余年後、悠仁親王が三十歳前後で結婚しようとされても、お相手の女性は必ず男子を生まなければ、男系の皇統が途絶えてしまう、という苛酷な重圧を背負うことにならざるをえない。そんな危機を今から防止しておく必要があろう。

平成二十九年（二〇一七）十月号

46 ソロモンの佐藤行雄さんとの出会い

四十五年前にソロモンを訪ねて

昨年十月末、靖國会館で全国ソロモン会の総会が開かれ、私も顧問の一人として出席した。そこへソロモン諸島国から来られた特命大使の佐藤行雄さんに会うことができた。佐藤さんは、昭和十三年（一九三八）七月、北鎌倉出身。私より三歳半年上の兄貴である。同氏が遙か南太平洋のソロモン諸島に住んで居られることを初めて知ったのは、今から四十五年前の昭和四十七年（一九七二）にさかのぼる。

その正月、満三十歳の私は、同じく満三十歳でソロモン諸島ニュージョージア島ムンダにおいて戦死した父（所久雄陸軍上等兵）の戦蹟を訪ねるため、手懸かりを探した。その際、ある人から紹介されたのが、現地で大酋長の孫娘ローズ・マリアさんと結婚しておられた佐藤さん（33歳）である。

当時イギリス統治下にあったソロモンへ行くことは、危険だとさえいわれていた。しかし、七月二十六日昼ごろ、ムンダの飛行場に着くと、佐藤さんが笑顔で迎えてくださったのである。しかも、生還した父の戦友から聴いてきた激戦地のラフな手書き地図を見せると、直ちに行ってみようと言われ、海岸沿いに三キロメートルほど歩き、小高い丘へ登るためにジャングルの草むらを進んで行った。

すると、先頭の現地人が、裸足に触れた水筒・飯盒・鉄兜・歩兵銃・手榴弾などを次々と拾い上げ、後ろの佐藤さんから私へと手渡してくれた。その飯盒の内蓋に、何と小さな釘字で「所」と刻まれていることを発見されたのが、佐藤さんなのである。

その上、翌朝そこを少し掘ってみたら、朽ち果てた骨が出てきた。おそらく父の遺骨にちがいない、と思って拾い上げ、ふと時計を見ると、七月二十七日の八時半、足かけ三十年前に父が「砲弾破片創」で戦死した、と広報にある命日の朝である。

これは偶然か奇跡か。私にとっては、亡き父がここへ導いてくれた、と想うほかない。

佐藤さんと私の「運気」と「生気」

その佐藤さんが、全国ソロモン会の総会で、私との出会いについて率直な思いを語られた。同氏は、ジャングルの中で飯盒を手にしたり遺骨を目にして以来、こんなことがどうしてありうるのだろう、と長らく疑問に思ってこられた。しかし、十年程前に佐藤さん自身、大病で手術をした際、ある達人から、人間には「運気」と「生気」があって、その両方が充実し発揮できるときは、「元気」なだけでなく「霊気」を呼んで、思いがけない良いことも起こりやすいと教えられて、ようやく納得することができたという。

なるほど、まさにその通りであろう。私の場合、それまでは、目に見えたり耳に聴こえるものしか実在しないと思いがちであった。しかしながら、あれからは、目に見えないものも耳に聴こえないものも存在することを実感し、特に亡き父のような英霊とか祖霊が、私どもを常に見守って（あるいは見張って）いると確信するに至った。

そのおかげで、私は何より自分に正直でありたいと願い、人から何と言われ何と思われようとも、父が私の考えや行いを常に判ってくれているはずだ、と心から思える。そうすると、不思議なほど大きな力を出すことができるようになった気がする。

47　乃木希典大将と清水澄博士の墓碑

平成二十九年（二〇一七）十一月号

秋分の日の翌日、東京の青山霊園と乃木神社会館で、清水澄《とおる》博士を偲び、その志に学ぶ会を開催させていただいた。それに先立って九月早々、両所を訪ねた。

「乃木希典之墓／明治十年　月　日死」（墓陰）

地下鉄乃木坂駅近くの青山霊園は、美濃郡上藩の青山家下屋敷が明治五年（一八七二）から公共墓地にされた。この広い園内の一角に乃木希典大将の墓所がある。周辺に較べると極めて質素なことに、大将の人柄が偲ばれる。

入口の門扉を開けると、その右奥に長州で日蓮宗に属していた乃木家歴代の小さな墓石が並ぶ。その左側中央に「陸軍大将乃木希典之墓」「乃木希典室乃木静子之墓」と刻まれた素朴な自然石が立つ。

そこで、初めて気付いたのは、大将の墓石裏面に異なる書体で「明治十年 月 日死」「大正元年九月十三日死」と刻まれていることである。なぜだろうか。

明治十年（一八七七）二月、乃木少佐（27歳）は、熊本城下で西郷隆盛の軍勢と激戦中、天皇親授の連隊旗を奪われた。そのため責任を痛感して自決しようとされたが、盟友に強く止められたので、いわば恥を忍んで命懸けの御奉公に努められた。そして三十五年後、明治天皇の御大喪の九月十三日に自刃されたが、御自身は早くから「明治十年に自死した」という思いを自ら刻銘しておられたのである。

「水死シ幽界ヨリ我ガ国体ヲ護持」（遺書）

この乃木家墓所から歩いて数分の所に、いわゆる警視庁墓地がある。その一帯には、明治十年に西南の役で殉職した警視庁の警察官たちが葬られているが、それ以外にも高名な方々の墓が多い。

たとえば、通りに面し鳥居が立つのは「浜口雄幸《おさち》」（昭和初期の総理大臣）、その右側を進んでいくと、左側に「江木翼《えぎたすく》」（昭和初期の立憲民政党指導者）、その右奥に「清水澄」博士の墓がある。

その墓碑正面に「従二等勲一等法学博士 清水澄」と刻まれ、右側面には「忠誠院殿法照澄道大居士」という法名が刻まれ、右左側面から裏面に「嗣子《しし》清水虎雄」氏（憲法学者）作の碑文が刻まれている。

この墓誌は、彫りの浅い細字（三三字二四行）であるから、老眼では読めない。しかし、持参したタブレットで撮影し拡大したところ、何とか判読できた。

その前半によれば、博士は明治元年（一八六八）金沢に生まれ、東大卒業後、学習院教授・行政裁判所長官・枢密院議長および帝国芸術院院長などの要職を歴任したが、本領は憲法学・行政学の「一学者タルコト」にあった。

続いて後半には、大正天皇と昭和天皇に十数年も進講して「君国ニ対スル忠誠ノ念ヲ以テ終始シ」たが、信念と異なる新憲法の成立に抗して何も為しえなかった。そのために、自責の念にかられ、新憲法施行から四カ月半後の九月二十五日、数え八十歳で「名臣屈原ニ倣ヒテ水死シ幽界ヨリ我ガ国体ヲ護持シ、天皇制ノ永続ト今上陛下ノ在位トヲ祈願セン」（遺書）としたことが明記されている。

このように父君の志操を最も良く知る御長男の堂々たる撰文には、博士の面目が躍如としている。乃木大将と共に、この「名臣」も、決して忘れてはならないであろう。

なお、清水博士が大正年代後半に皇太子裕仁親王のため御進講された教科書『法制』『帝国憲法』は、平成九年（一九九七）詳しい解説と索引を加えて原書房から出版した。

48 元気な後期高齢者の新しい生き甲斐

平成二十九年（二〇一七）十二月号

満七十五歳の誕生日を迎えて

昭和十六年（一九四一）の十二月十二日、日米開戦から四日後に閣議で「大東亜戦争」という名称が決定された。その当日夜、岐阜県揖斐郡の小島村野中という山村で生まれた私は、昨年の十二月十二日で満七十五歳、いわゆる後期高齢者の仲間入りをした。

この七十五年間、いろいろなことに出会った。何より志の確かな父と芯の強い母のもとに生まれ、間もなく父が召集され戦死してから、「功をしっかり育ててくれ」との遺言に応えて、母が私を丈夫に育て好きな道に進ませてくれたことに、あらためて感謝したい。

その母（大正五年生まれ）は、十年前（平成十九年七月十日）九十一歳の天寿を全うしたが、昭和四十四年（一九六九）嫁入りした家内と、まるで実の母娘のような仲となり、気ままに後半生を過ごしてくれ、私も安心して外で働くことができた。

この連れ合いは姉女房であるが、妻・嫁・母の三業に努めながら、平安時代の歴史文学に関する研究を続けて短大と大学に勤め、最近も論文集『斎王研究の史的展開』（勉誠出版）を刊行するほど、すこぶる元気でいてくれることは有り難い。

これから高齢でも成し遂げたいこと

さて、今後いつまで生きられるかわからないが、幸い今のところ健康に恵まれているので、いろいろやりたい夢がある。その一端を敢えて記し〝有言実行〟に励みたい。

まず個人としては、長らく続けてきた研究の成果を補訂しながら、学術的な論文集を出版できればと念じている。大まかにいえば、日本国家成立史論、宮廷儀式行事史論、皇室制度文化史論などである。また近世・近代の大礼（即位礼・大嘗祭など）などに関する史料集成も作っておきたい。

それに先がけて、半世紀余り前、学部の卒業論文で取り組んだ三善清行（八四七〜九一八）の千百年祭を、来年（二〇一八）十二月に迎える機会に、何とか原文と釈文を併せた『三善清行遺文集成』（校注）を作る必要がある。

一方、有志と共同で取り組みたいことがある。そのひとつは、四年半前から勤めているモラロジー研究所で、若い研究員と共に「皇室関係資料文庫」を充実させる事業の推進である。まだ不十分ながら、今年元日からＷＥＢ「ミカド文庫」で順次成果を公開している。

もうひとつは、四十年ほど前に始めた国書逸文研究会の流れを汲む「三代御記逸文」の講読会を今も京都で続けているが、その校注成果を何とか出版したい。また京都産業大学で始めた「後桜町女帝宸記」の解読成果と関係論文も集大成する必要がある。

すでに体力・気力・能力に衰退と限界を感じつつある。しかしながら、上記のような夢に取り組むことが、空元気を保つ助力となるに違いない。

49 「沖縄遺骨収集ボランティア」に参加して

平成三十年（二〇一八）一月号

民間の有志による奉仕活動

昨年一月二十三日朝、二十日から沖縄遺骨収集に奉仕中のボランティア約三十名とマイクロバスで糸満《いとまん》市の戦蹟へ向かう。午前中、二カ所で収集作業に奉仕した後、昼過ぎから神式と仏式の慰霊祭。夕方に宿の青年会館へ戻り、記念式典（糸満市長、教育長など参列）と記念講演（小生担当「飯盒の遺書と遺骨収集の意義」）の後、琉球舞踊（沖縄芸術大学卒業生親子）などを拝見した。

すでに後期高齢者の仲間入りをした私が、あえて沖縄に出かけたのは、親友の坂本大生氏（72歳）の主宰する「ＳＹＤ（公益財団法人修養団）沖縄遺骨収集ボランティア」の第三十回事業に参加するためである。おかげで心温かい沖縄の人々から、さまざまなことを教えられ、また誠心誠意奉仕した仲間たちから、いろいろなことを学ぶことができた。

私が初めて沖縄を訪ねたのは、約五十年前（25歳）の昭和四十二年（一九六七）八月、男友達二人と本島を巡り伊江島にも渡った。とりわけ沖縄遺族連合会の金城和信会長（ひめゆり部隊で娘の和子さん信子さん戦没）のご好意により、遺族青年部の方々と南部戦蹟の全慰霊碑を掃除しながら巡拝することができた。

その際、点在するガマ（石灰岩の洞窟）に入ると、戦没者の遺品も遺骨も大部分そのままの惨状を知り、何度も立ち竦《すく》んだ。

その衝撃と切ない思いを、当時田中卓先生の指導される「伊勢青々塾」にいた坂本さんに話したところ、いたく共感してくれた。のみならず、このような状況ならば何とか遺骨収集をしなければならないと思い立ち、やがて就職した修養団で教育部長として活躍中、沖縄県教育界の志ある方々に理解と協力を得て、ＳＹＤでボランティアを募り、その夢を実現するに至ったのである。

沖縄の人々から現地で学ぶ

この活動には、私も平成十二年（二〇〇〇）二月、遅ればせながら初めて参加した。その時も今回も、現地のボランティア（十数名）、とりわけ三十回皆出席の大城藤六先生（87歳）などから、沖縄戦について厳しい実情を聴くことができた。

たとえば、沖縄の激戦は六月二十三日に終わった、と一般に言われているが、通信手段の壊滅した当時、八月十五日を過ぎても一月以上ガマに隠れているほかなかった由である。

あの激戦で亡くなった軍人・民間人は二十万以上にのぼる。今回は糸満市真栄平後平にある南北の塔あたりでガマに潜り、泥土の中、岩盤の隙間などから遺骨を数十柱探し出したが、まだまだ多く残っている。

この坂本代表による収集事業は、ここで一段落する。しかし幸い、今回参加したSYDの幹部も若いスタッフも、またモラロジー研究所から参加した専攻塾生たちも、あらためて何らかの形で継承したい、という決意を表明してくれたことは、まことに心強い。

50 三度目・最高齢の皇居勤労奉仕

平成三十年（二〇一八）三月号

敗戦直後「みくに奉仕団」による快挙

昨年十二月、三度目の「皇居勤労奉仕」（以下「奉仕」と略称）をさせていただいた。

この「奉仕」は、昭和二十年（一九四五）十二月八日、宮城県栗原郡の青年男女六十三名が、「日本本来の伝統である君民一体・一国一家」の信念に基づいて「真の道義的平和的新日本建設のために奉仕すること」を目的に結成した「みくに奉仕団」により決行された快挙から始まった(宮内庁編『昭和天皇実録』に詳しい)。

無位無冠の民間有志でも、真心さえあれば、みくに(天皇を中核とする国家)のために奉仕することができる、という実例を敗戦直後に範示した意義は、極めて大きい。

皇學館大学と京都産業大学から奉仕

そこで、私(32歳)は、昭和四十八年(一九七三)十二月、そのころ在職中の皇學館大学で国史学科の学生有志たちに呼びかけ、三十数名で初めて奉仕に上った。

まず初日の午前中、宮内庁の総務課担当職員に皇居内を案内していただき、午後は宮中三殿の近辺を清掃させてもらった。ついで二日目は、新年の儀式行事に備えて、新宮殿で盆栽などをリヤカーで運ぶ大役を手伝った。

しかも、昼食後、吹上御所の通路脇で六団体約三〇〇名が整列して、天皇陛下(72歳)と皇后陛下(70歳)から親しく御会釈・御言葉を賜り、深い感銘を覚えた。

さらに三日目は、赤坂の御用地へ参り、東宮御所の周辺などで、大量の落葉拾いと砂運びに汗を流した。それから昼食後、東宮御所内の大広間において、皇太子殿下(40歳)と同妃殿下(39歳)が、冬休み中の浩宮《ひろのみや》様(13歳)・礼宮《あやのみや》様(8歳)・紀宮《のりのみや》様(4歳)も揃ってお出ましになり、各団ごとに優しい御言葉を賜った。

最終の四日目は、三たび皇居で落葉を片付ける作業に励んだ。その後、宮内庁の係官から御下賜の御菓子と特製写真をいただき、帰途についた。

それから九年後の昭和五十七年（一九八二）十二月、前年に文部省から京都産業大学へ転任していた私（41歳）は、有志学生三十数名と共に二度目の「奉仕」を実現した。両陛下と両殿下から御会釈を賜った学生たちの感動ぶりは、前回に優るとも劣らない。

「日本の文化に学ぶ会」の人々と

このような「奉仕」を体験すれば、日本文化の中核にある皇室を、単なる知識ではなく実感として理解することができるにちがいない。そんな確信を折あるごとに話し続けてきたが、この奉仕は七十五歳までとなっている。そこで、もう一度奉仕したいと思い、大阪・京都の有志六十名近いグループ「日本の文化に学ぶ会」の一員として参加した。

今回は、十二月十日（日）明治神宮と靖國神社に参拝して結団式。十一日（月）から皇居で奉仕が始まり、翌十二日（火）赤坂の御用地で宮邸近辺を清掃の途中、東宮御所内で皇太子殿下（57歳）から御会釈の際、はからずも直接に御言葉を賜った。

さらに翌十三日（水）再び皇居で清掃の途中で、蓮池《はすいけ》参集所において天皇陛下（84歳）と皇后陛下（83歳）から御会釈を賜った。その感動・感銘は、前二回にも増して深い。

最終日の十四日（木）は三たび皇居へ参り、宮内庁の庁舎で開催中の文化展も見学し、お正月に歌会始で披講された天皇陛下の御製宸筆と皇后陛下の御歌真筆などを間近に拝見することもできた。

かねてから私は、「普段着の真心」を胸に秘め、それを随所で自在に活かすことが大切だと考えている。今後も、このような思いで可能な限り「みくに奉仕」に努め続けたい。

51 大正大嘗祭の悠紀・主基斎田と荒妙貢進

平成三十年（二〇一八）四月号

来年四月三十日限りで今上陛下が譲位され皇太子殿下が五月一日に即位されると、十一月に初めての新嘗祭が「大嘗祭」として執り行われる。

この大嘗祭は、古くから素朴な形で営まれてきた。しかし、明治の「皇室典範」と「登極令」で大規模化され、詳細な規定が設けられた。それを初めて実施したのが、大正四年（一九一五）の大嘗祭である。

愛知の六ツ美と香川の綾川

規模拡大の一つは、神饌用のお米と粟を作る地方（悠紀国《ゆき》と主基国《すき》）の拡大である。幕末までは、京都に近い近江と丹波辺りに限られていた（明治四年の大嘗祭は、東京に近い甲斐と安房）。それが大正大嘗祭では、千百年以上の歴史を持つ京都（仙洞《せんとう》御所跡）で行うため、悠紀国が愛知県、主基国が香川県に卜定《ぼくじょう》（亀卜《きぼく》により判定）されている。

より具体的には、悠紀の斎田が現岡崎市内の旧碧海郡六ツ美《むつみ》村（早川定之助氏所有田）、主基の斎田が現綾歌郡綾川《あやがわ》町の旧山田村（岩瀬辰三郎氏所有田）が選ばれた。両方とも多くの関係者が真心こめて奉仕したことは、当時の記録に詳しい。

その上、六ツ美では、早くも大正八年（一九一九）「悠紀斎田記念碑」を建て、昭和の初めから御田植祭を続けてきた。一方、綾川の方でも、昭和六十年（一九八五）「主基斎田保存会」を作り、御田植祭を始めるとともに、平成元年（一九八九）から悠紀斎田保存会との交流（六月の御田植祭に相互で表敬訪問）を行っている。

阿波忌部による荒妙貢進

大正大嘗祭では、古儀の復興もみられる。祭場の大嘗宮には、神衣として麻布（あらたえ、荒妙＝麁服）と絹布（にぎたえ、和妙）を必要とする。特に重要な前者は、古代から阿波の忌部《いんべ》氏が貢進してきた。

その伝統が南北朝期（十四世紀中頃）の混乱で途絶えてから明治に至った。けれども、明治四十一年（一九〇八）に皇太子嘉仁《よしひと》親王（のち大正天皇）が徳島県へ行啓された際、阿波忌部の末裔三木宗治郎氏から中世の実績を証明する綸旨や宣旨などを提供された忌部神社宮司齋藤普春氏が、それらに基づく『阿波志料 践祚大嘗祭 御贄考』を著して宮内省に献上するなど、地道な努力を続けた。

その結果、大正大嘗祭には、何と約五八〇年ぶりに三木家と木屋平《こやだいら》村（現美馬《みま》市内）関係者らの着実な努力によって「荒妙貢進」が復興されたのである。しかも、それが昭和から平成へと受け継がれている。

綾川町と美馬市を訪ねて

今年の「建国記念の日」に四国の高松へ出講した機会に、近くの綾川町を訪ねた。そこには三年前「主基斎田百周年記念」として新設された立派な資料展示館がある。また毎年六月、地元の高校生や小学生も奉仕する御田植祭の斎田跡や記念碑がある。その保存会世話人さんたちの誠実な歓迎に心洗われた。

またその翌日には、徳島県美馬市のＮＰＯあらたえ主催の会で「阿波忌部の荒妙貢進と大嘗祭の意義」について話をした。これは当地出身の日本画家藤島博文画伯の勧めにより実現したが、そこで平成大嘗祭に貢献された三木信夫氏（阿波忌部末裔）から、平成二年の荒妙貢進に関する詳しい御話を承ることができた。

52　盲目の国学者塙保己一《はなわほきいち》「世のため後のため」

平成三十年（二〇一八）七月号

画期的な『群書類従』の編纂出版

江戸後期（一七四六）武蔵国の農家に生まれ、七歳で失明したにもかかわらず、三重苦のヘレン・ケラーすら驚くほどの偉大な国学者がいた。塙保己一である。

彼は目が見えなくても、母の読んでくれる本をすぐ暗記してしまう。その母が亡くなると、十五歳で江戸へ出て鍼灸《しんきゅう》や音曲の修業に励むが、一向に上達しない。

すると、師匠の雨富検校《あめとみけんぎょう》が、彼の好きな学問の道に進むことを勧め、また隣家の幕臣・松平乗尹《のりただ》が、自分の多様な蔵書を彼のために読み聞かせてくれ、その紹介により彼は国学者の萩原宗固に入門できた。

しかも彼は二十一歳のとき、師匠の計らいで「お伊勢参り」に出かけ、ついで京都に上って北野の天満宮へ詣り、学問のために一身を捧げる誓いを立てた。

やがて三十三歳の彼は、日本古来の多様な書物を集めて世に出す、という壮大な計画を立て、まもなく私塾「和学講談所」を開設した。それから、四十年余りかけて大叢書『群書類従』五三〇巻（六六六冊）を出版するに至ったのである。

それを可能にしたのは、盲目の彼と結婚した妻たせや、師事した多くの門人たちが献身的に協力したからである。また徳川幕府や水戸藩および大阪商人などから応援を得たことも大きいが、その根本は「世のため、後のため」という彼の純粋な真心にほかならない。

塙検校の遺志を継ぎ偉業に学ぶ

彼は師匠や親友・門弟らに恵まれて、さらに有意義な大事業に取り組んだ。すなわち(イ)『群書類従』の続篇を編纂すること、(ロ)それと共に国史や法例の書を校訂し出版すること、(ハ)それらにより六国史以後の編年史料を編纂し出版すること、などに着手している。

その後、まず(イ)は、彼の四男忠宝や高弟らが『続群書類従』(全一一五〇巻)を編刊した。ついで(ロ)は、明治から昭和にかけて田口卯吉・黒板勝美らにより『国史大系』(新訂増補版六十六冊)として完成された。さらに(ハ)は、『塙史料』を発展させて、東京大学の史料編纂所で『大日本史料』が今なお編纂され続けている(既刊約四〇〇冊)。

一方、「検校《けんぎょう》」という大名クラスの待遇を認められるに至った彼の偉業を顕彰するため、明治四十二年(一九〇九)曽孫塙忠雄を中心に「温故(学)会」が設立され、昭和二年(一九二七)竣工した会館で『温故叢誌』の編刊や『群書類従』正篇全冊の板木一七二四四枚(国の重要文化財)を保管し、摺立なども続けている。

また、出身地の現埼玉県本庄市児玉町でも、旧宅が丁寧に保存され(国指定史跡)「塙保己一記念館」には関係資料（埼玉県指定文化財）が展示されている。

さらに、本庄市では「塙保己一先生遺徳顕彰会」が、紙芝居の出前講座や市民有志による「群読劇」を行い、また教育委員会が小中学校の全教室に「世のため、後のため」と書き込んだ塙検校の肖像画を掲示している。

約二〇〇年前、文政四年（一八二一）に七十六歳で入寂した盲目の大学者塙検校先生は、学界にも教育界にも末永く光明を点し続けることであろう。

53 今秋「京都の御大礼」特別展覧会を主催

平成三十年（二〇一八）九月号

来年の皇位継承に先立って、今年九月、京都の平安神宮に近い美術館で「京都の御大礼」と称する特別展覧会が開かれる。昨年から「京都宮廷文化研究所」の代表を務める私は、主催者の一人として準備に多忙を極めている。

古代から幕末までの即位礼と大嘗祭

新天皇の即位礼と大嘗祭および前後の関連する儀式と祭祀をあわせて「御大礼」という。

そのうち大嘗祭は、弥生時代から毎年民間で広く営まれてきた新嘗祭と本質的に同様の、純朴な新穀感謝祭である。

それに対して、新天皇が就任したことを宣言し披露される即位礼は、飛鳥・奈良時代から古代中国の皇帝儀礼を模範としてきた。従って、天皇が金飾りの冕冠《べんかん》を被り、真っ赤な袞服《べんぷく》（背に竜なども描く）を着て、八角形の高御座《たかみくら》に登られると、殿庭で焼香する煙によって即位を天帝に告げる、というような唐風の儀礼が、幕末の孝明天皇まで続いてきた。

今秋の展覧会には、一方で約二百年前の大嘗祭に実際用いられた亀卜《きぼく》の用具や斎田から収穫した当時の貴重な稲穂などが出品される。それとともに、他方で東山天皇（在位一六八七～一七〇九）の即位式を見事に描いた屏風絵と、それに基づく大型模型（初公開、井筒企画制作）なども展示される。

なお、関白を拝命した豊臣秀吉が天正十六年（一五八八）聚楽第《じゅらくだい》へ後陽成天皇を招き、また将軍を拝命した徳川家光が寛永三年（一六二六）二条城へ後水尾天皇を招いた。その豪華な奉迎行列を描いた屏風（泉屋博古館所蔵）なども一堂に会する。

京都で実施された大正と昭和の御大礼

このような御大礼は、平安の初めから幕末まで千年余り、京都で行われてきた。しかし、明治二年（一八六九）天皇が東京へ遷られると、京都は急に寂《さび》れだす。それを心配された明治天皇が、将来の即位礼・大嘗祭は京都で行うように仰せられた。その御叡慮が、やがて同二十二年（一八八九）『皇室典範』に盛り込まれたのである。

それによって、大正天皇の御大礼は、昭憲皇太后の崩御により延びたが、大正四年（一九一五）十一月、京都御所の紫宸殿で即位礼、また仙洞《せんとう》（上皇）御所跡で大嘗祭、さらに二条城（離宮）で大饗《たいきょう》（宴会）が見事に催された。これが近代的な御大礼の先例となり、昭和三年（一九二八）も、平成二年（一九九〇）も、ほぼ同様に京都で実施されてきた。その意義は誠に大きい。

これを機に、京都は皇位継承に伴う最も重要な大礼の実施できる皇宮が機能するミヤコ（宮《みや》のある処《こ》）として復活したのである。それゆえ、京都の御所は、今も「京都皇宮」と公称され「皇宮警察官」により護衛されている。何より重要な皇位を象徴する「高御座《たかみくら》」が、御所中央の紫宸殿に常置されている意味は重い。

その上、京都は大正と昭和の御大礼に、国内外の代表者たちを迎えるため、御所近辺も市街各地も近代的に整備改造された。そのおかげで、今や国内だけでなく国際的にも評価の高い〝古くて新しい京都〟の基が築かれたのである。（↓75話）

54　野口英世博士を大成させた慈母と恩師

平成三十年（二〇一八）十月号

双方の「先祖代々の墓」に詣る

昨年の夏は郷里の岐阜で母の十年祭、また今夏は靖國神社で父の七十五年祭を済ませた。さらに八月初め、家内の先祖が眠る福島県棚倉町の蓮家寺（浄土宗）、および娘婿の先祖が鎮まる千葉県柏市の西光院（真言宗）へ、家族みんなでお詣りしてきた。

戦後できた「国民の祝日法」にも、「秋分の日」は「祖先をうやまい、なくなった人々をしのぶ」と意義づけられている。それには「先祖代々之墓」へ詣ることが、一番ふさわしい。私は岐阜を離れてからも、毎年お彼岸に帰省墓参を続けている。

「野口英世記念館」見学の感銘

私が田舎の小さな小学校の図書館で初めて読んだのは、講談社の絵本『野口英世』（昭和二十五年刊）である。あの感動は、七十年近く経った今も忘れられない。

そこで、棚倉墓参の後、娘家族と共に磐梯山麓《ばんだいさんろく》の「野口英世記念館」を訪ねた。最近リニューアルされた本館は、野口博士の壮絶な生涯と画期的な細菌研究の大要が、実に判りやすく展示されている。

しかも、それ以上に感銘を受けたのは、すぐ脇に原形のまま修繕保存されている藁葺《わらぶき》の生家である。板張りの居間には、生後一歳半の清作（英世）が落ちて左手に大火傷《やけど》を負った囲炉裏《いろり》も、母シカが農作業や産婆手伝いの合間に続けた養蚕の棚も見える。

気丈な母シカと親代わりの小林先生

明治九年（一八七六）旧会津藩の片田舎で小作農家に生まれた清作は、養子の父が奉公に出て長らく不在のため、母の手で育てられた。

しかし、貧しすぎて小学校の尋常科から上へ進めない。けれども、シカに頼まれた小林栄先生の尽力により、十三歳で猪苗代《いなわしろ》高等小学校（今の中学クラス）へ入れてもらい、大火傷を手術した渡部医師の病院で書生として働くうちに、医者となる志を立て、二十歳で上京して猛勉強を続け、二十四歳でアメリカへ渡った。その十一年後の明治四十四年（一九一一）「スピロヘータ」の純粋培養に成功し、京大から医学博士、次いで東大から理学博士を授与されている。

それを可能にしたのは、清作＝英世を必死に育てた母シカの献身と、その才能を見出して野口家の世話を物心両面で続けた小林夫妻の役割が大きい。この気丈な母が、六十歳近くなり何とか息子（36歳）に会いたいと思って、アメリカ（ロックフェラー医学研究所）へ出した毛筆の手紙が現存する。

おまイのしせ（出世）にわ、みなたまげました。わたくしもよろこんでをりまする……。こころぼそくありまする。ドかはやくきてくだされ。…いしよ（一生）のたのみ…にしむいてわおがみ、ひかしむいてわおがみしてをりまする。…いつくるトおせ（教え）てくだされ。これのへんぢ（返事）まちてをりまする。……。

この切実な手紙から三年後の大正四年（一九一五）、博士は帝国学士院から恩賜賞を授けられ、ようやく十五年ぶりに帰国した。そして二カ月の滞在中、慈母と恩師を伴って東京・伊勢・京都などの名所・社寺を回った。その写真を見ると、三人とも喜びに満ちあふれている。

その後、南米各地で黄熱病《おうねつびょう》の研究に奔走し、ノーベル賞候補にもなったが、アフリカで黄熱病の研究中、五十一歳で病に冒され、偉大な生涯を閉じている。

平成三十年（二〇一八）十一月号

55　定年後の恩返しと余生の楽しみ

「日本一暑い」ふるさとを想う

涼秋を迎えたが、今年の夏は異常に暑かった。特に私の生家がある岐阜県西濃の揖斐川町がトップニュースで「日本一暑い」と報じられた日もあった。

そこで小・中学校の同級生に電話をしたところ、「平気平気。昔はもっと暑い日中でも田の草取りをしたやないか。俺は毎朝散歩がてら、お宮さん（神社）や公園の草を取っとる……」と元気な声が返ってきた。

この付近は西美濃の山間部で、年々人口が減少して、高齢者が過半を占めつつある。しかし、それでもほとんどの人々が明るく気楽に暮らしている。

その要因は、地域のみんなが何かあれば助け合い励まし合う。月例のお逮夜講《たいやこう》と寄合、お正月と春秋の彼岸会や氏神祭などが続いている意味も大きい。

六十五歳から「恩返し」の尾畠師匠

この八月十五日、素晴らしい日本人をニュースで知った。今や若者からも絶賛される大分県日出町の尾畠春夫さん（78歳）である。七人兄弟の四男で、小学校五年のときから農家へ奉公に出され、魚屋で修業してから、二十八歳で鮮魚店を開いたが、六十五歳でキッパリと店を閉めたという。

その間に、無数の人々から世話になったおかげで、ようやく一人前になれたことを喜び、早くより自分で「定年」を決め、着々と準備してから「万分の一でも恩返しをさせてもらう」余生をスタートさせている。

報道によれば、その準備も活動もすごい。まず早くから旨《うま》い魚を安く売る本業に励んで、家族を養い、老後の資力も蓄えた。ついで体力を鍛えるため、近くの由布岳《ゆふだけ》へ何遍も登るうちに、道直しなどのボランティアを始めた。

さらに定年直後、徒歩で日本列島を縦断したが、その途中で混ぜご飯を差し入れてくれたMさんの宮城県南三陸町が、五年後の平成二十三年（二〇一一）三月、大震災・大津波に直撃されたと聞き、直ちにワゴン車で馳せ参じて、思い出の写真などを探し出す隊長を務めている。

しかも、そのような現場には、全て自活できる物を持っていき、一銭も謝礼などを受け取らない。落ち込んだ人々に「朝は必ず来る」「笑う門には福来る」などと励ます。それゆえ、ボランティア仲間から「師匠」と呼ばれ慕われている。

この師匠が、大分から山口まで駆けつけ、三日間も行方不明の二歳児を、僅か三十分足らずで探し当て、その母親に手渡した。この奇跡的な快挙は、社会に恩返しの奉仕を長く続けてきた尾畠さんに、お天道様から贈られたご褒美かもしれない。

さまざまな勤労奉仕も遺骨収集も

もちろん、尾畠師匠のようなことが誰にもできるわけではない。しかしながら、人並みに健康ならば、やれることはいくらでもあろう。

たとえば、郷里の老友のように、家の近くのお宮・お寺・お墓や公園などを清掃するのもよい。また七十五歳以下なら、仲間と皇居や京都御所などで勤労奉仕をしてくるとか、さらに健康に自信があれば、沖縄や海外の遺骨収集にも出掛けてほしい。（↓49・50話）

56 上野《こうづけ》三碑《さんぴ》の伝える千三百年前の記憶

平成三十年（二〇一八）十二月号

秋晴れの十月十二日、伊勢崎市の文化会館で開催された神社庁主催の「奉祝天皇陛下御即位三十年／第六十一回、群馬県神社関係者大会」に出講した。その午前中、親友のＧ氏（宮司）の車で高崎市内の「上野三碑」を案内してもらい、深い感銘を覚えた。

「世界の記憶遺産」に選ばれた「上野三碑」

上野三碑は、かつての上野国《こうづけ》、しかも現在の群馬県高崎市内（上信電鉄の沿線）に点在する、極めて古い三つの石碑である。それが昨年十月、ユネスコの選定する「世界の記憶遺産」に登録されている。

その第一は、山名町山神谷にある㋑「山上碑」、第二は同町金井沢にある㋺「金井沢碑」、第三は隣接の吉井町池にある㋩「多胡碑」と称される。いずれも高さ一メートル余りの素朴な自然石ながら、正面に貴重な文字が刻まれている（国の特別史跡）。

千三百年前の「多胡」建郡を記念する碑

このうち最も大きい㋺の碑文は、「和銅四年（七一一）三月二日」に「上野国の片岡《かたおか》郡・緑野《みどの》郡・甘良《かんら》郡の内」から「三百戸」を割いて新たに「多胡郡《たこぐん》と成」したことを宣示する「弁官符」である。

右の事実は、平安初頭（七九七）に撰上された国史『続日本紀《しょくにほんぎ》』同日条に記されている。それを裏付けるこの石碑は、建郡後間もない造立とみられる。その上、碑文には正史が省いた担当者四名も正確に刻まれている。

わが国の本格的な中央集権体制は、大化改新（六四五年から）により地方行政組織の国・郡・郷・里が設置されて完成する。それが都から遠い東国でも実施され、この和銅四年（七一一）には部分的な再編成（六郷三〇〇戸で一郡増設）すら行われていたことがわかる。

生母・同族を供養する「三家」の人々

一方、㋑の山上碑文は、「辛巳歳（六八一）集月（十月）三日」付で、「放光寺の僧（長利《ちょうり》）」

が「佐野の三家《みやけ》を定め賜へる健守命《たけもりのみこと》の孫（子孫）黒売刀自《くろめとじ》……生める児の長利は（放光寺）僧にして、母（黒売）の為に記し定むる文」だという（もと和風漢文）。

この「辛巳歳」は、天武天皇十年（六八一）に当たり、当時年号が中断していたため、干支で記されている。しかし、六世紀前後から大和朝廷の直轄地であるミヤケ（屯倉＝三宅）が当地に設置され、その管理者「健守命」の子孫である「黒売」を母として生まれた「長利」は、このころ放光寺（前橋市総社町の山王廃寺か）の僧となり、母上を追善供養するために碑を建てたのである。

また㋺の碑文は、「神亀三年丙寅（七二八）二月二十九日」付で、「上野国群馬郡下賛郷《しもさぬ》高田里」に住む「三家《みやけ》」の子孫が、同族と共に「七世の父母と現在の父母の為……天地に（皆の繁栄を）祈誓し仕へ奉る石文」だという。

この㋑と㋺により、当地では飛鳥・奈良時代から生母や七世の父母（先祖）に感謝し祈願するような仏教信仰が流布していた実情を確認することができる。

群馬県では、この三碑を一括して「世界の記憶」遺産に申請し、わずかに数年で登録を実現させた。それはG氏など文化財関係者の多大な尽力によるが、すでに県知事楫取《かとり》（旧姓小田村）素彦《もとひこ》（一八二九～一九一二、吉田松陰の妹寿《とし》の夫）が、碑のある所を国有地として保存した先見の明も忘れてはならないであろう。

57　新しい皇室の構成と絶大な役割

平成三十一年（二〇一九）一月号

現在と次代の内廷《ないてい》と宮家の方々

現在の皇室は、内廷と宮家からなる。皇室は、一般の家と次元の異なる特別な存在であるが、わかりやすくいえば、内廷は本家であり、宮家が分家にあたる。

正月現在、この内廷には八十五歳の今上陛下と一歳下の皇后陛下、また二月で五十九歳の皇太子殿下と三歳下の同妃殿下および十六歳の敬宮《としのみや》愛子内親王の五方がおられる。このうち、両陛下は五月一日から上皇・上皇后となられるが、従来どおり「陛下」と称され、内廷の構成者であることには変わりない。

一方、宮家は現在四家あり十三方おられる。このうち、筆頭の秋篠宮家は、当主の文仁親王殿下（53歳）が五月一日に兄上のもとで「皇嗣《こうし》」となられる。しかし、一歳下の同妃殿下との間に恵まれた二女一男のなかで、今のところ皇位継承の資格を有するのは、悠仁親王殿下（12歳）のみである。二方の姉君（27歳と24歳）は、一般男性と結婚されたら、皇籍を離れなければならないことになっている。

また、常陸宮《ひたちのみや》家は当主の正仁親王殿下（83歳）と五歳下の同妃殿下との間に御子がおられない。そのために、やがて秩父宮・高松宮と同じく絶家とならざるをえない。

さらに三笠宮家は、百歳で長逝された崇仁《たかひと》親王殿下と同妃殿下（95歳）の間に三男三女がおられた。けれども、平成年間に三親王が次々薨去され、二内親王が結婚して皇室を出られた。今後同様に三笠宮家の姉妹（37歳・35歳）も高円宮家の長女（33歳）も一般男性と結婚されたら、現行の皇室典範により、いずれ両家は消えてしまうことになる。

新天皇の「お務め」と皇族の任務

とはいえ、今のところ、皇室には、男性五方と女性十三方がおられる。その方々が果たされる役割は真に大きい。

とりわけ天皇陛下の「お務め」は格別に重要であって、大別するならば（一）国事行為と（二）公的行為と（三）祭祀行為がある。

まず（一）国事行為は、現行憲法の明示する「日本国の象徴」（元首に相当）として行われる行為が十二項目あり、すべて「政府の助言と承認」を要する。

ついで（二）公的行為は、「日本国民統合の象徴」として行われるものであり、政府や地方および公的な団体などからの要望によるものが極めて多く、また天皇ご自身のご意向によるもの（戦没者慰霊・被災地お見舞いなど）も少なくない。

さらに（三）祭祀行為は、天皇が「皇孫命《すめみまのみこと》」として行われるものであり、自然と祖先の神々に感謝し祈願される。宮中三殿と神嘉殿（新嘗祭専用）における祭祀は恒例だけでも年間二十以上にのぼる（待従の代拝は年中毎朝）。

このうち、（一）は天皇のみであるが、（二）は多く皇后と共に、（三）の大半は皇太子・同妃が拝礼され、また他の皇族も参列して、各々行われる。さらに、他の成年皇族は、（二）に準ずる公務（国内外への行啓や公的団体の名誉総裁など）を分担される。

それらを従来も現在も、全皇族が分担してこられた。しかし、前述のとおり皇族身分の方々が今後次々減少すれば、宮家の存続も公務の分担なども難しくならざるをえない。とすれば、どうしたらよいのだろうか。

それは容易なことでないが、これこそ政府も国会も一般の国民も、皇室のため日本のため真剣に検討して、実現の可能な具体策を早急に見出さなければならない。（↓87話）

平成三十一年（二〇一九）二月号

58　津川雅彦さんとの出会いとお別れ

陽気な携帯電話のやりとり

「会ふは別れの始め」（法華経など）という。昨年も六十年来の恩師・先輩・級友など数名を見送った。その一人が一歳上の津川雅彦さんである。

その出会いは、あるテレビの討論番組で初めてご一緒した時、言いたい放題のベテランに立ち往生の私を見かねて、「僕は所さんの意見に賛成だよ」と助け舟を出してくださった。そこで帰り際にお礼を申し上げると、「先生の本は前から読んでいますよ。これから携帯で質問してよろしいか」と真顔で言われて驚いた。

それ以後、折あるごとにさまざまなことを尋ねられ、こちらからかける時には、着メロ「君が代」の途中から、いつも陽気な声が現れた。

ある時、ごく親しい俳優三名との昼食会に誘われて、夕方まで談笑したり、ある時は、津川さん演出のお芝居に招かれ、涙したりしたことも忘れられない。

また、東日本大震災後、京都府知事と京都市長の主唱により始まった「双京構想」検討委員会で、いわゆる有識者懇談会の座長を務めた時、メンバーの一人として京都市出身の津川さんに携帯で依頼した。すると直ちに快諾され、京都を愛するが故の率直な意見を述べられたこともある。

さらに、津川さん主宰の若手を養成する「俳優塾」の勉強会で話をしたところ、翌年正月の新年祝賀会に他の講師らと招かれた。行ってみると、映画やテレビでなじみのスターなどが各テーブルに並び、しかも途中から安倍総理も駆け付け、軽妙なスピーチをされた。

人より数倍の隠れた努力

この津川さんが、昨年八月四日、奇しくも先立たれた妻の朝丘雪路さん百日忌に急逝された（78歳）。その合同葬とお別れ会にご案内をいただいたので参上した。

その際の奥田瑛二さん・五木ひろしさん・黒柳徹子さんの弔辞は、津川さんの人柄を彷彿とさせた。また、最後に長女の真由子さんが述べられた「父は伯母の加藤貞子さんから、あなたは顔でなく芸で認められるよう、人より何倍も努力しなきゃ駄目よ、と言われていた」との逸話を聴いて、ふと想い出したことがある。

数年前、七日正月に明治神宮へ初詣をするため、小田急の参宮橋駅から北門に向かい、乗馬クラブ公苑を通ると、あの津川さんが悠然と手綱を取っていた。その雄姿をこっそり携帯電話で撮影して送信したところ、直ちに「いつも練習していないと感覚が鈍りますからね」との応答があった。

古希を過ぎても常に体を鍛え、心を磨いておられたものと思われる。そんな隠れた努力が、不朽の名演技を可能にしてきたのであろう。

この津川さんと次のような話をしたことも懐かしい。今上陛下の御降誕記念事業として作成された『国史絵画』（全七十八点・現在神宮徴古館所蔵）の一幅に、弟橘姫命《おとたちばなひめのみこと》が夫君倭建命《やまとたけるのみこと》の相模湾渡航を成功させるため海に身を投げられた、という哀切な伝承をリアルに描いた伊東深水（一八九八〜一九七二）作の大きな名画がある（151×181㎝）。その深水画伯の愛娘が雪路（本名雪絵）さんにほかならない。

この大作を編著『名画に見る国史の歩み』（近代出版社刊）のカラー表紙に使ったので、後日一冊を津川さんに差し上げた。すると、「このモデルはユキエかな。きっとそうだよ」と目を細められた。

59 昭和天皇ご直筆の「大御歌」草稿発見

平成三十一年（二〇一九）三月号

平成三十一年（二〇一九）の正月七日午前、昭和天皇の三十年祭が宮中（皇霊殿）と陵所（武蔵野陵）で営まれた。父君の後を継がれた今上陛下も、この四月三十日限りで退かれたら、いよいよ「昭和は遠くになりにけり」となろう。

宮内庁編『昭和天皇実録』に見る大御歌

しかしながら、昭和天皇の御事績は、決して消え去らない。その一因は、平成二十六年に完成された宮内庁編『昭和天皇実録』（東京書籍　本文十八巻既刊　索引一巻）に、主な歩みが記録されているからである。

これを当初から通読することに努めてきた私は、本文中に引載されている御製＝大御歌を、関係の記事と共に抄出し、月刊『歴史研究』に連載してきた。

それが幸い角川書店の目にとまり、『実録』に採択されなかった御製も宮内庁侍従職編『おほうなばら』（平成二年、読売新聞社刊）から抜き出して書き加えた編著が、近く出版されることになり、その準備を進めている。

『実録』は公的な御事績に関係する大御歌を五三五首引用しており、そのうち五首は『おほうなばら』未収である。一方、『おほうなばら』は八六五首掲載するから、公表ずみの大御歌は都合八七〇首にのぼる。

それらは全て、昭和天皇が皇居内や行幸先での見聞や実感を率直に詠まれたものである。しかも『実録』の記事と照らし合わせることによって、いつどこで、どのような思いを込めて詠まれたのか、より深く理解できるようになったのである。

「近しい人」が保管されてきた直筆の草稿

ところが最近、驚くべき資料が発見され、一部公表されるに至った。しかも、その確認に私自身が関与する幸運に恵まれたので、要点を略述しておこう。

昨年十二月初め、朝日新聞の国文学に精《くわ》しい宮内庁担当記者Nさんから、貴重な資料を内密に分析してほしいと頼まれた。その原寸カラー写真（数十枚）と、それを丹念に解読中のノートを見せられ、まさにビックリ仰天したのである。

その新資料は、昭和天皇が晩年（六十年から六十三年まで）折に触れて詠まれた和歌の草案を、小さな紙片や便箋に鉛筆で書き留められたものとみられる。そこには既知の大御歌と近似する四十余首だけでなく、未だ全く知られていない大御歌の草案が二七〇首以上も含まれていることが、私どもの調査により判明したのである。

この直筆草稿は、朝日新聞の元日・三日の一面に特報され、三十年祭当日の正月七日、見開き全面の大特集が組まれて、新発見の主要な大御歌が陽の目を見るに至った。

それによって、昭和天皇が晩年に至るまで、先の大戦などにつき胸を痛めておられたこと、また歩行の難しい香淳皇后を労《いたわ》り、先立った弟宮を偲《しの》び、さらに孫宮たちの成長を喜んで「寂し」「悲し」「嬉し」などと、思いのままに詠んでおられたことがわかった。

そこで、『実録』の関係記事と御製を抄出し、宮内庁侍従職編『おほうなばら』（読売新聞社、平成二年）所収歌を補入した全十章の末尾に「晩年の直筆大御歌草稿」を加えた編著『昭和天皇の大御歌』を角川書店から出版する。多くの方々に御覧いただきたい。

60　日本人となられたキーン先生の想い出

令和元年（二〇一九）五月号

ドナルド・キーン先生に初めて直接お目にかかったのは、平成五年（一九九三）十月二日、伊勢の内宮式年遷宮の際である。同夜八時からの遷御を蓆《むしろ》の席で座って待つ数時間、先生（70歳）の相手をするように神宮司庁から頼まれ、当時ご執筆中の「明治天皇」について話がはずんだ。

京都産大の講演会にお招きして

その御縁により、平成十四年十一月十六日、私が所長を務めていた京都産業大学日本文化研究所主催の公開講演会にお越しいただき、「明治天皇と日本文化」と題する素晴らしい講演を賜ったことがある（『日本文化研究所紀要』八号所載）。

そこで翌日、御礼がわりに何処かへご案内することになった。昭和二十八年（一九五三）コロンビア大学から京都大学の大学院へ留学以来、京都を知り尽くしておられる先生に尋ねたところ、久しぶりに修学院離宮を訪ねたいと言われた。ところが、その日は日曜日で原則として入れない。

困った私は、念のために修学院離宮の下で稲田の耕作を手伝っている知人に相談すると、

「自分が稲刈り後の落穂拾いに行くから付いて来たら」と言われた。その午前中、彼の持参した長靴を履き、先生も私も童心に帰って実際に落穂を拾った後、休憩のため上段の裏木戸から入れてもらい、眼前に広がる紅葉の絶景を満喫することができた。

そのころから、拙著を出すたびに贈呈すると、必ず直ちに自筆で礼状をくださった。毎年の年賀状も写真の傍らに自署して一筆添えられる律義さに、いつも感心してきた。

伊勢の式年遷宮を四度も奉拝

キーン先生は、平成二十年（二〇〇八）秋、多年に亘る日本文学史の研究と海外への日本文化紹介など多大な功績により、アメリカ人で初めて文化勲章を受章された。

しかも、同二十三年の東日本大震災後、大好きな日本に恩返しをするため、翌年（二十四年）日本国籍をとり東京に永住を決められた。その心意気に敬服するほかない。

翌年（二十五年）の十月二日、伊勢の内宮で再び同席した。その際、先生（90歳）は「これで式年遷御の儀を奉拝するのは四度目ですが、日本人としては初めてです」と言いながら、あらためて「鬼　怒鳴門」と漢字で大書した名刺をニコニコしながら手渡された。

先生は日本の歴史と文学を深く広く研究され、さまざまな日本人と交流されるにつれて、「日本にいる幸せ」を実感し確信するに至られたという。そのような良き日本が今なおかうじて残っていることに気付かせてくれた「鬼」先生に、感謝と哀悼の誠を捧げたい。

「この国の持つ民度のお陰」

キーン先生（96歳）が永眠された二月二十四日、国立劇場で政府主催「天皇陛下御在位三十年記念式典」が行われた。その席で今上陛下（85歳）は「私がこれまで果たすべき務めを果たしてこられたのは、国民統合の象徴であることに誇りと喜びを持つことのできるこの国の人々の存在と、過去から今に至る長い年月に、日本人がつくり出してきた、この国の持つ民度のお陰でした」と述べておられる。

このような「民度」の高さこそ、キーン先生が「日本にいる幸せ」を実感された所以であろう。しかしながら、そのレベルが急速に低くなりつつあるような兆候の懸念される今日、私共は一人一人が、可能な限り民度の向上に努めなければならないと思われる。

61　新元号「令和」誕生の画期的な意義

令和元年（二〇一九）六月号

平成の天皇陛下が退位され、皇太子殿下が即位されるに先立ち、四月一日、新元号が公表された。それは「令和」、その出典が『万葉集』というのは、画期的な意義を有する。

「令」と「和」の組み合わせ

まず「令和」の二文字は、漢音で「れい」と呉音で「和」を組み合わせて「れいわ」（Reiwa）と読む（令は呉音なら「りょう」、和は漢音なら「か」）。その和訓は「よし」か「のり」と訓むから、人名でも「よしかず」「のりやす」などと称する例がある。

この「令」という字は、「令息」とか「令嬢」のように「よい」「美しい」という意味があり、また「法例」「訓令」のように「のり」（規範）の意味もある。

一方「和」には、よく知られているとおり「和合」とか「平和」のように「やわらぐ」「なごむ」「くわえる」等という意味があり、日本の特性を最もよく表している。

それゆえ、日本の「大化」から「平成」に至る二四七の公年号では、「和」が十九回も使われており（「和銅」～「昭和」）、新元号「令和」で二十回になる。それに対して「令」は、幕末の「文久」「元治」改元の際、「令徳」が候補に上ったけれども採用されず、今回が初めて採用されたのである。

『万葉集』の梅花宴歌序文

元号（年号）の出典として、従来もっぱら漢籍（中国の古典）が使用されてきた。けれども、今回は初めて国書（日本の古典）が採用された。しかもそれが、歴史書の『古事記』や『日本書紀』ではなく、和歌（やまとうた）を初めて集成した『万葉集』が典拠とされたことは、私の想定外ながら、まことに感服するほかない。

この『万葉集』巻五には、九州の大宰府で天平二年（七三〇）の正月十三日に催された梅花の宴会で、三十二人の律令官人たちが詠んだ和歌と序文が収められている。その序文は、大宰帥《そち》（長官）大伴旅人《たびと》（『万葉集』編者　大伴家持の父）の作とみられる。その文中に「初春（旧暦正月）の令月《よきつき》（好い美しい時節）、気淑《よ》く風和《やわら》ぐ（穏かだ）。梅は鏡の前の粉を披《ひら》き（おしろいのように白く咲き）、蘭は珮後《けいご》の香を薫らす（匂い袋のように香っている）」云々と、旅人邸の宴会場の状況が如実に描かれている（括弧内の注釈は中西進博士『万葉集』全訳注、講談社文庫など参照）。

ここにある「令」と「和」を組み合わせて「令和」という元号ができたのである。しかも、その背景として、唐風文化の開花期（天平時代）に、大宰府という中国大陸や朝鮮半島との外交を担当する公館における梅花の宴会で、教養の高い官人たちが、漢詩ではなく、和歌を詠んでいることに思いを致すと、なおさら味わい深い。

新元号の公表（平成31年4月1日）直後、野村一晟氏（29歳）が創作して公表したアンビグラム「令和」。上下を回転すると「平成」が現れる。野村一晟アートプロモーション提供。

梅は大陸伝来ながら、日本の各地で旧暦一月の春先ころから咲き、香りが芳しい。古来「梅は寒苦を経て清香を発す」といわれるが、天災などの苦難をみんなの助け合いで乗り越えてきた平成の日本人が、さらに今後も心を寄せ合って本当に麗《うるわ》しい平和な日本を花咲かせよう、という理念を表明したことにもなろう。

今や国際化・グローバル化の加速する日本において必要なことは、日本人としてのアイデンティティーを再認識し、それぞれの立場と能力を活かしながら、可能な限り国内外のために貢献することではないかと思われる。

62　水運史のご研究から世界的な水問題にご貢献

令和元年（二〇一九）七月号

この五月一日、皇太子徳仁親王（59歳）が、第一二六代の天皇として践祚《せんそ》＝即位された。昭和三十五年（一九六〇）二月二十三日に誕生されたときから、ご両親および関係者たちに厳しくも温かく育てられ、平成五年（一九九三）三十三歳で四歳下の小和田雅子さまとの結婚から二十六年を経て、父帝（85歳）より皇位を譲り受けられたのである。

「即位後朝見の儀」での「おことば」

その日の午前十一時、皇居宮殿で最上位の正殿松の間において、まず「剣璽《けんじ》等承継の儀」があり、「皇位と共に伝わるべき由緒ある物」（皇室経済法）の代表として、古来の宝剣と勾玉および公印の「天皇御璽《ぎょじ》」と「大日本国璽《こくじ》」を受け継がれ、直後の「即位後朝見の儀」で、凛《りん》として朗々と次のような「おことば」を述べられた。

㋑（前略）上皇陛下には……その強い御心をご自身のお姿でお示しになりつつ、一つ一つのお務めに真摯《しんし》に取り組んでこられ……心からの敬意と感謝を申し上げます。

㋺（中略）上皇陛下のこれまでの歩みに深く思いを致し、また歴代天皇のなさりようを心にとどめ、自己の研鑽に励むとともに、常に国民を思い国民に寄り添いながら……象徴としての責務を果たすことを誓い……ます」。

確かに新天皇が最も身近なお手本とされるのは、父帝が平成の三十年余り国家・国民統合の象徴として積極的に取り組んでこられた具体的なお務め（国事行為・公的行為・祭礼行為）である。

その上、歴代天皇の「なさりよう」をあげておられることにも深い意味がある。陛下は十代後半から、ご両親の御叡慮により歴代天皇の御事績を、東大や学習院の専門家から詳しく学んでこられた。その間に歴史学への関心を深められて、学習院で日本史学を専攻し、卒業論文で室町時代瀬戸内海の水運史を解明された。それのみならず、英国牛津（オックスフォード）大学院へ留学して、十八世紀テムズ河の水運史研究を仕上げ、名誉法学博士号を授与された。まさに超一流の歴史家なのである。

新著『水運史から世界の水へ』

その留学生活については、随筆集『テムズとともに』（平成五年・学習院教養新書）にまとめられている。また、このたび学術的な講演集『水運史から世界の水へ』（ＮＨＫ出版）を公刊された。

その御意図は、すでに十年前（平成二十一年）のお誕生日会見で「私の専門研究を活かし……国あるいは地域の人々が今まで培ってきた水にかかわるさまざまな知恵や工夫を広く紹介すること」にある。それによって、「水問題の解決は、貧困を改善し、水を巡る地域での紛争を解決するという、世界の平和へとつながるもの」だとの高邁な見識と雄大な展望を明示しておられる。

新著には、昭和六十二年（一九八七）八月、日本学術会議での「水資源シンポジウム」特別講演から、平成三十年（二〇一八）三月、ブラジリアでの「世界水フォーラム」基調講演まで、八篇の和文と一篇の英文が一挙に収録されている。いずれも精緻な文献研究と丹念な実地調査で得られた史資料を、わかりやすく図表や写真などで示しながら明快に語られており、極めて説得力に富む。

63　病院は高齢化社会の在り方を考える道場

令和元年（二〇一九）八月号

個人的なことながら、私は齢《よわい》（77歳）の割に元気だと見られやすい。しかし、二十数年前から尿酸値が高く、複数の薬を飲み続けている。しかも、薬の副作用なのか、三年前に不整脈で血管が詰まる恐れもあると注意され、毎月専門医の検診を受けている。

大病院で垣間見える人間模様

そのため、七年半前に移住した小田原の総合病院へ行くたびに、いろんなことを考えさせられる。まず驚くのは、いつも来診者が多く、とりわけ高齢者が夥《おびただ》しいことである。毎回予約どおり早めに行っても、各科の受付前に並ぶ百以上の椅子が満杯に近い。

その長い待ち時間に、手軽な文庫本を読んだり、急ぎの原稿を下書きしたりしながら、周囲を眺めてみると、さまざまな人間模様を観察することができる。体の不自由な方には家族などが付き添い、優しくサポートしている姿に心和むが、なかには激しく言い争ったり、終始無言というケースも少なくない。

また、検査などに当たる看護師さんも、次々と患者を診るお医者さんも、一対一になれば親切に応接されるが、数をこなすためか手短に先を急ぐ。ほとんど問診せずに検査のデータをパソコン画面で示しながら、さまざまな数値の説明をされると、一応わかった気になるが、実はよく呑み込めていない。

さらに処方箋をもらって近くの薬局へ行くと、再び長く待たされる。しかも、数種類の高価な薬を出してくれるが、それらに相互の副作用はないのかどうか、心配になるほど多いので、なかなか飲み切れない。

しかし、今のところ体調が宜しいのは、お医者さんとお薬のおかげであろう。しかも、病院は高齢化の進む現代社会で、身近な人々がどのように助け合えるかを具体的に学ぶことのできる心身の修練道場のように思われる。

家内の入院により学んだこと

ところで、私より元気だった姉女房が、今年一月十一日朝食後、炊事場で急に倒れた。たまたま傍にいた私が気付き、携帯で電話したら、近所に住む娘夫妻が出勤途中から引き返し、近隣の方々も来てくださり、救急車で知り合いの総合病院へ入ることができた。

しかしながら、すでに左脳の血管が詰まって、認識と言語に障害を生じた脳梗塞とわかった。そこで、二カ月近く療養を続け、それから県内随一のリハビリ専門の病院へ移った。

その病院では、さまざまな障害の患者たちが、若いスタッフの指導を受けて、それぞれリハビリに励んでいる。家内は幸い運動の機能が回復して何とか歩けるけれども、なかなか自ら喋れず、人の言うことも容易に聴き取れない。

そこで、何を伝えたいのか察して、大きな漢字で書くと、かなり通ずることが判った。その察知力は、結婚五十年の私よりも、娘の方が遥かに高い。夫婦よりも母娘の方が強い絆で結ばれているのだろうか。

そんな筆談中、家内が私の顔を見ながら「あな—、死ぬ。ココ（京子の自称）—、死ない、ガンバル」というのでビックリした。夫を最期まで世話してからでないと、先に逝くわけにいかないから、一所懸命に頑張るよ、という覚悟を示してくれたのであろう。

その後六月早々、出血多量のため検査したところ、直腸癌が見つかり、総合病院で数時間の大手術をしてもらった。それから再びリハビリ病院に転じ、八月ころ自宅に戻ってくる。そうなったら、自分は何をすべきか、何ができるかを考えていたら、かなり工夫と努力を要することがわかってきた。それを大変だと思わずに、家内と一緒に余生を楽しむつもりで前向きに進んでいきたい。（→あとがき）

64 即位礼の「おことば」と大嘗祭の「御告文」

令和元年（二〇一九）十一月号

今上陛下（59歳）は、十月二十二日昼「即位礼」を挙げられ、また十一月十四日夜半から翌未明に「大嘗祭」を営まれる。

このうち、後者は浄闇の大嘗宮（悠紀殿・主基殿）で長時間行われる非公開の祭祀であるから、テレビ放映が難しいであろう。しかし前者は、晴れやかな儀式だから、どのテレビ局も特別番組を実施する。

そんな折、私は三十年ほど前からの縁により、「令和」の「改元」、「退位礼」と「践祚」の儀式だけでなく、「即位礼」関係の特番解説を手伝う。とはいえ、体は一つだから、十月二十二日は、午前九時から㋑「賢所大前の儀」をＮＨＫで、また正午以降㋺「即位礼正殿の儀」などは民放ということで引き受けた。

「即位礼正殿の儀」で御決意の表明

このうち㋺では、皇居宮殿の正殿松の間で、特設の高御座に上られる天皇陛下が「おことば」（勅語）を読みあげられる。その内容は当日まで発表されないが、平成二年（一九九〇）十一月十二日の同儀で、平成の天皇が次のように述べられたことを想起する。

まず①「日本国憲法及び皇室典範の定めるところによって皇位を継承」したことを明らかにされた上で、②「即位礼正殿の儀（国事行為）を行い、即位を内外に宣明」された。ついで③「御父昭和天皇の六十余年にわたる御在位の間、いかなるときも国民と苦楽を共にされた御心を心として」受け継ぎ、④「常に国民の幸福を願いつつ、日本国憲法を遵守し、日本国及び日本国民統合の象徴としてのつとめを果たす」ことを誓われた。さらに⑤「国民の叡智とたゆみない努力によって、我が国が一層の発展を遂げ」ると共に、⑥「国際社会の友好と平和、人類の福祉と繁栄に寄与することを切に希望」しておられる。

このような「おことば」の内容は、今上陛下も大筋継承されることであろう。なぜなら、すでに五月一日の「即位後朝見の儀」で、①③④⑤⑥と同じ趣旨の思いを、端的に述べられているからである。

大嘗宮で国中平安・年穀豊穣を祈請

一方、大嘗祭は、東御苑に特設された大嘗宮（東側の悠紀殿《ゆきでん》と西側の主基殿《すきでん》）の中で、天皇陛下が神饌を供えられ、また自らも召し上がられる。その中間で読まれる「御告文」は、天皇経験者しか知り得ない。ただ、幸い鎌倉初期の建暦二年（一二一二）十月二十一日、後鳥羽上皇から順徳天皇に伝授された内容が、御日記（逸文）に書かれている。

それによれば、「天照大神また天神地祇の諸神明」に対して、「皇神の広き護りにより、国中平安に年穀豊穣」となり「諸々の民を救済せん」ことを祈るため、「今年新たに得たる所の新飯（米・粟など）を奉る」と共に、天皇自身に及ぶ諸災難や不祥事が除去されることを請うておられる。

この趣旨は、おそらく今回の御告文も同様であろう。とすれば、大嘗祭というのは、毎年十一月二十三日に行われる新嘗祭（ニヘ＝贄の新穀を供えて、アヘ＝神々を饗《もてな》し、感謝をこめて祈願するニヘアへの祭）を、一代一度の格別な「大祀」として行われる。そのため、特別丁重に神饌を準備して、新天皇が皇祖神と天地の諸神に「国中平安」と「年穀豊穣」を祈り請われるための、最も純朴な伝統祭祀であることが理解されよう。古来「大新嘗祭」とも称される所以《ゆえん》である。

65 令和大嘗祭の神饌・神服と庭積机代物

令和元年（二〇一九）十二月号

前回も取り上げたが、この十一月十四日の夜から翌未明に「大嘗祭」が営まれた。その祭場は皇居の東御苑に特設された大嘗宮の悠紀殿（東側）と主基殿（西側）で、同様の祭儀が繰り返し行われたのである。

多様な神饌および麻と絹の神服

そこに供えられた神饌の中心は、悠紀地方（栃木県塩谷郡高根沢町大谷下原）の大田主《おおたぬし》と、主基地方（京都府南丹市八木町氷所）の大田主により、各々の斎田で収穫して九月に供納されたお米（「とちぎの星」と「キヌヒカリ」）、および両地方でとれた粟を用いて作られる御飯（蒸す強飯《こわいい》）と御粥《かゆ》（炊くご飯）および、御酒《みき》（醸《かも》す白酒《しろき》と黒酒《くろき》）である。その他にも鯛や鮑《あわび》などを調理した鮮物《なまもの》と乾燥させた干物《ひもの》、および生栗や干柿などの果物、鮑と和布《わかめ》の煮物と汁物など、約二十種類にのぼる。

これらの神饌は、宮内庁の掌典《しょうてん》が調理し、柏葉の皿と椀に盛って箱に入れ、采女《うねめ》（女官）と掌典らにより殿内へ運ばれる。それを天皇陛下が自らピンセット状の竹箸で柏葉の食器から丁重に移す所作を、何と四百回以上も繰り返して、神々（天照大神と天神地祇）に供えられ、ついで「御告文《おつげぶみ》」を奏されてから、さらに御飯・御粥・御酒を自ら召し上がるという（神々から賜った「タベモノ」による直会《なおらい》）。

また、悠紀殿・主基殿の神座には、掌典長が神服を置く。その神服は、絹織の和妙《にぎたえ》（繒服）と麻織の荒妙《あらたえ》（麁服）から成る。しかも前者は、古代から三河（愛知県豊田市）の有志（今は古橋会）により作られる上質の絹、また後者は阿波（徳島県美馬《みま》市）で阿波忌部の後裔（三木家）が中心となって作られる上質の麻を用いられる。

全都道府県からの庭積の机代物

しかも明治四年（一八七一）の大嘗祭から始められ、大正四年（一九一五）の大嘗祭から本格化したのが、全国より供納されて悠紀・主基両殿の南の帳殿《ちょうでん》の机に並べられる庭積《にわづみ》の机代物《つくえしろもの》である（拙著『近代大礼関係の基本史料集成』国書刊行会、平成三十年参照）。

令和大嘗祭に供納される机代物は、毎年の新嘗祭と同様、全都道府県から精米が各一・五kg、および左表の端に○印を付けた一都一府二十三県から精粟が各〇・七五kg、さらに左表の品々である（太線以上の道都県十八国が悠紀地方＝東日本、太線以下の府県二十九国が主基地方＝西日本とされる）。いずれも各地で丹精込めて作られた特産品であり、それが出揃うのは、「耕す文化」の豊かな日本の底力を示すものとして尊い。

ただ、お米が水田で穫れない非常時に備えて、畑で作れる粟などの雑穀で生き延びてきた先人の知恵が、段々と忘れ去られつつある現状は、再考を要する。

このような庭積机代物は、悠紀・主基の両殿で天皇が神々を饗《もてな》される饗応神饌と異なり、庭（帳殿）に積みあげて御覧に供する供覧神饌として区別される。そこで、祭典終了後、前者は清浄な所に埋納されるが、後者は撤下品《おさがり》として有効活用されることになろう。

令和大嘗祭の庭積机代物

北海道	小豆・馬鈴しょ・小麦・干しほたて貝柱・昆布	
青森	りんご・ながいも・ごぼう・鮭燻製・ほたて干貝柱	○
岩手	りんご・さいとも・乾しいたけ・干こんぶ・新巻鮭	○
宮城	大豆・りんご・白菜・乾しいたけ・塩銀鮭（みやぎサーモン）	○
秋田	大豆・セリ・りんご・天然きのこ（まいたけ）・ハタハター夜干し	○
山形	ラ・フランス・シャインマスカット・柿・ぜんまい・するめ	○
福島	りんご・なし・生しいたけ・干マガレイ	
新潟	柿・里芋・蓮根・乾しいたけ・塩引き鮭	○
茨城	白菜・蓮根・しらす干し・わかさぎ煮干し・乾しいたけ	○
栃木	二条大麦（もち絹香）・南瓜・苺・りんご・柚子	○
群馬	りんご・こんにゃくいも・やまといも・しいたけ・小麦	○
埼玉	小麦・やまといも・丸系八つ頭・茶	
千葉	落花生・日本梨・にんじん・海苔・鰹節	
東京	キャベツ・大根・独活（うど）・椎茸・てんぐさ	○
神奈川	茶・落花生・だいこん・キャベツ・のり	
山梨	ぶどう・かき・トマト・あけぼの大豆・山梨夏っ子きのこ(クロアワビタケ)	○
長野	りんご・ながいも・わさび・寒天・乾しいたけ	○
静岡	茶・みかん・山葵・乾椎茸・鰹節	
富山	大豆・さといも・りんご・シロエビ（燻製）・イナダの天日干し	
石川	加賀棒茶・紋平柿・能登金糸瓜・能登原木乾しいたけ・輪島海女採りあわび	
福井	大豆・抜き実そば・さといも・乾しいたけ・若狭ぐじ	○
愛知	ふき・れんこん・柿・にんじん・海苔	
岐阜	柿（富有柿）・栗（ぽろたん）・りんご・干椎茸・干鮎	○
三重	茶・みかん・のしあわび・乾燥ひじき・鰹節	

滋賀	茶・やまいも・焼きほんもろこ	
京都	長だいこん・ごぼ丹・しいたけ・宇治茶・ササガレイ	○
大阪	栗・みかん・海老芋・干しいたけ・ちりめんじゃこ	
兵庫	丹波黒大豆・丹波栗・佐用もち大豆・兵庫のり・干鯛	○
奈良	柿・緑茶・吉野葛	
和歌山	みかん・富有柿・干しさば・干しまぐろ・乾燥ひじき	
徳島	すだち・乾しいたけ・わかめ	○
香川	小麦・キウイフルーツ・オリーブ（生）・乾しいたけ・煮干いわし	
愛媛	温州みかん（日の丸）・サトイモ（伊予美人）・はだか麦・乾しいたけ・干鯛	○
高知	文旦・ゆず・干椎茸・鰹節	
鳥取	あんぽ柿・ヤマノイモ（ねばりっこ）・梨（王秋）・乾しいたけ・ハタハタ丸干	
島根	西条柿（あんぽ）・わさび・干し椎茸・板わかめ・岩のり	
岡山	黒大豆・ぶどう・なす・干海老・干たこ	○
広島	さやえんどう・西条柿・レモン	
山口	だいだい・れんこん・干しいたけ・するめ・ちりめんじゃこ	
福岡	柿・茶・乾椎茸・干鯛・干海苔	○
佐賀	れんこん・みかん・茶・きゅうり・海苔	
長崎	乾しいたけ・みかん・長ひじき・あおさ	
熊本	デコポン・すいか・トマト・乾しいたけ・乾海苔	○
大分	かぼす・梨・かんしょ・乾しいたけ・ひじき	○
宮崎	茶・干しいたけ・キンカン・甘藷・ちりめんじゃこ	○
鹿児島	茶・さつまいも・ピーマン・早掘たけのこ・本枯れ節	○
沖縄	ゴーヤー・クロアワビタケ・乾燥モズク・乾燥アーサ	○

大礼委員会公表　大嘗祭の儀関係資料より

66 令和元年「大礼」の秋「日本学賞」を拝受

令和二年（二〇二〇）一月号

平成三十一年＝令和元年を振り返る

「平成」から「令和」に改元された一年を振り返ると、国の内外でさまざまな出来事があり、私的なことながら身辺でも思いがけないことが起きた。

その一つは、四月の金婚式を楽しみにしていた姉女房が、正月早々に脳梗塞で倒れ、また入院リハビリ中に直腸癌の手術も重なった。七月から自宅で療養に励み、近くに住む娘の助けをえながら介護を続けている。それを通して、「すでに失ったものを嘆くよりも、まだあるものを活かそうと工夫すれば、その都度ささやかな喜びと幸せが実感できる」ということを学びつつある。

もう一つは、学生時代より五十数年にわたり続けてきた年号（元号）と宮廷（皇室）の史的研究が、昭和の終わりころから学界でも論壇でも徐々に評価され、マスコミなどでも意外なほど珍重されるようになった。

そのおかげで「令和」の改元にも代始の諸儀式にも、多少の役割を果たす機会に恵まれた。ただし、平成二十九年（二〇一七）成立の「皇室典範特例法」付帯決議により提示された「安定的な皇位継承」等の方策を検討する動きはほとんどみられない。そこで一国民として、与野党合意の可能な現実的試案の作成に知恵を絞っている。(→87話)

「日本学賞」の第七回受賞者に選ばれる

いま一つは、十月二十二日の「即位礼正殿の儀」直後に、「日本学基金」の事務局より、突然お電話があった。「当方の第七回受賞者に貴台が選ばれたから、ぜひ受けてほしい」との打診連絡である。

私は迂闊《うかつ》にも、そのような賞のあることさえ知らなかった。その一般社団法人理事長は万葉学者の中西進博士、選考委員は国立新美術館館長の青木保氏と国際日本文化研究センター准教授(歴史学)の磯田道史氏と東京大学名誉教授(国文学)の多田一臣氏、また理事は元文部次官の清水潔氏、みずほ銀行顧問の武藤浩氏など八名で、その全員一致による選定と承って、ひたすら恐縮しながら、ありがたく拝受することにした。

やがて十一月二十三日(土)東京の学士会館で授賞式が行われた。その際に「宮廷儀式研究の歩み」と題する受賞講演をさせていただいた。

今後とも「日本学」の探求に努めたい

この「日本学基金」設立の趣旨は、日本が「千年を超える歴史の中で、さまざまに優れた文化を築き」ながら、近年「日本文化の価値が見失われがち」なため、今こそ「積極的に日本文化の美質を世界に示す」ことが「豊穣な日本文明のグローバリズム構築に役立つ」と謳われている（http://www.nihongaku.org/）。

かように高邁な理念を掲げる「日本学」の進展に、私の研究が役立っているとは思えないが、今回の受賞を励みとして、生涯広義の日本学探求に努めたい。

それによって、まさに「麗しい和の精神を世界に示すこと」（中西博士の「令和」解説）のできる日本の建て直しに、少しでも貢献したいと念じている。

67 還暦を迎えて耀く今上陛下の歩み

令和二年（二〇二〇）二月号

昨年五月一日に第一二六代の皇位を承け継がれた今上《きんじょう》陛下は、新年（令和二年・庚子・二〇二〇年）に「還暦」を迎えられた。この二月二十三日（日）に満六十歳となられ、初めて「天皇誕生日」の祝福を受けられる（※新型コロナウイルス流行のため一般参賀は中止）。

ご両親による御養育

新陛下は昭和三十五年（庚子・一九六〇）二月二十三日、皇太子（26歳）・同妃（25歳）

両殿下の御長男として誕生された。御名前「浩宮《ひろのみや》・徳仁《なるひと》」の出典は漢籍の『中庸』である。ちなみに、新天皇の幼称「浩宮」と御名「徳仁」は、古代中国の『中庸』第三二章に「其の仁…浩々たる其の天…、天徳に達する者…」という名句を出典としている。この御名の「徳」を「なる」と訓むのは、聖徳が成就する（成る）意を含むからであろうか。

日本の皇室では、昔から皇子・皇女を乳母などに預けて養育せしめられたことが多い。しかしながら、昭和の皇太子殿下と美智子妃殿下は、初めて東宮御所で養育された。そのお心掛けは、母君が「あづかれる宝にも似てあるときは　吾子《わこ》ながらかひな畏《おそ》れつつ抱く」と詠んでおられる（『瀬音　皇后陛下御歌集』大東出版社、平成九年）。

浩宮さまは、学習院初等科の五・六年次から、母君と共に『奥の細道』を原文で音読され、道の歴史に興味を持ち始められたという。それは父君が高等科一年次から、東宮職常時御教育掛の小泉信三博士と共に、内外の名著を交互に音読されてきた経験を応用されたのかと想われる。

ついで高等科三年次の昭和五十二年（一九七七）ころから、ご両親が浩宮さまに「皇室の歴史を貫く仁の心を身につけてほしい」と考えられた。それ以降、学習院や東大の教授などから「天皇の歴史」に関する定時進講を一緒に受けておられる。

水運史の研究と山登り

こうして歴史への関心を高められた浩宮さまは、学習院大学の文学部史学科に進まれ、卒業論文でも修士論文でも、交通史とりわけ中世瀬戸内海の水運史をテーマとされた。それのみならず、英国のオックスフォード大学へ留学して、テムズ川水上交通史の研究に励まれ、名誉博士号を授与されるに至った。日英両方の古文書も存分に解読し活用できる超一流の歴史学者と認められている。

しかも、それが単なる研究に留まらず、地球規模の国際的な水問題にも積極的に取り組んでこられた。五年前の国連「水と衛生に関する諮問委員会」最終会合では、名誉総裁として「私自身、家族のため、社会のため、国家のため、世界のために安全な飲料水と衛生施設を供給するための絶え間ない努力を続けてきた何千何百万という人々の一人であることを、誇りに思います」と述べておられる（宮内庁ホームページ参照）。

この英邁な皇太子殿下が第一二六代の天皇陛下となられ、半年以上にわたる一連の儀式・行事も堂々と遂行された。それは日々健康に留意され、つねに心身を鍛えてこられたからであろう。

とりわけ少年時代から「百名山」を登り始められた。昭和五十五年（一九八〇）八月には北陸の白山に登頂され、「ももとせの昔帝《みかど》（明治天皇）の見ましけむ（明治十一年十月、北陸御巡幸）　白山にして我登りゆく」と詠んでおられる。

また平成二年（一九九〇）には大峰連峰と甲斐駒ヶ岳に登られた際、「私にとって信仰の山への登山は、過去を偲びながら歩む生きた歴史体験なのである」（『山岳修験』第七号の特別寄稿「修験の山を訪ねて」）と記されている。

このように敬虔なお気持ちを堅持される今上陛下は、「麗しい和の精神」に満ちた日本を理想に掲げて、耀かしい「令和」の御代を逞しく歩んでいかれるにちがいない。

68　千三百年前に撰上された『日本（書）紀』

令和二年（二〇二〇）三月号

日本は「ニッポン」「ニホン」「ジャパン」

今年の夏には、二度目の東京オリンピック、続いてパラリンピックの開催が予定されている（※来年に延期）。その際、私どもの国名「日本」は、どのように呼ばれるのだろうか。

これは前回（昭和三十九年）も、かなり議論された。しかし、国内では長らく「にっぽん」とも「にほん」とも両方が慣用され、国際的には「Japan」（Japon 等）と記されてきたのであえて統一されなかった。

とはいえ、大事なことは、「日本」という漢字の国名が、すでに一三〇〇年以上前から確定しており、その公式表記が以後一度も変えられずに今日まで続いてきたことである。その間に「日本」と書いても、初めは和訓で「やまと」と読まれていた。それが、やがて呉音で「にちほん」→「にほん」、また漢音（唐音）で「ジッポン」→「にっほん」、さらに海外で「ジパング」→「ジャパン」等と呼ばれるようになったのかとみられている。

天武天皇の勅命による『記』と『紀』の編纂

この「日本」という国名は、恐らく遣隋使（六〇〇年）の国書に「日出る処」と称した頃からあったと思われる。しかしながら、それが律令法に明文化されたのは、天武天皇朝の「飛鳥浄御原令《あすかきよみはらりょう》」（現存せず）に基づく、文武天皇朝（七〇一年）に完成した「大宝令」の公文書の書式を定めた公式令《くしきりょう》（逸文あり）と考えられる。

しかも、その天武天皇は、かつて推古女帝朝に聖徳太子のもとで編纂された「天皇紀」「国記」等が焼失散逸してしまい、諸氏族・社寺等の古伝承が混乱している状況を憂慮され、正確な歴史書の編纂を勅命された。

それを承けて、稗田阿礼《ひえだのあれ》が耳目に触れたことを誦習した「帝皇日継《ていおうのひつぎ》」（歴代系譜）「先代旧辞《せんだいのくじ》」（神話伝承）に基づき、太《おおの》（多）安万侶（多品治《おおのほんぢ》の子か）により纏め上げられたのが、和銅五年（七一二）撰進された『古事記』三巻である。

　また、それと共に天武天皇が川島皇子（父天智天皇）らに「帝紀」と「上古諸事」の編纂を勅命された。これは国家の正史（国史）編纂事業である。それから約四十年後の養老四年（七二〇）、舎人《とねり》親王（父天武天皇）らにより元正女帝に捧呈されたのが『日本書紀』（本来の正称は「日本紀」か）三十巻（別に系図一巻）である。

昔物語の『記』と編年正史の『紀』の意義

　この『古事記』（略称『記』）と『日本書紀』（略称『紀』）は、わずか八年前後してできあがり、共にわが国の成り立ちや文物の来歴を丹念に記録している。にも拘らず、戦後の学界・論壇では、記・紀を無闇に非難・否定する風潮が強かった。それに対して、諸国の風土記や諸氏族の系図も金石文や考古資料も博捜精査して、記・紀の大筋が信頼に足ることを確証されたのは、私が六十年近く恩師と仰いできた田中卓《たかし》博士である。

　その田中博士などの説によれば、『記』は昔物語を巧みに整えている。一方、『紀』は当時の中華帝国や朝鮮王国を意識し、大和朝廷の由緒が古いことを強調するために、いわゆる辛酉革命説により、推古九年（六〇一）より一二六〇年前の神武天皇即位元年をBC六六〇年に設定して初期歴代の寿命・年立を引き延ばす等の作為を加えている。

　けれども、天皇の代数を加増したり、不都合な出来事の削除などはほとんどない。近年の目覚ましい考古学の発掘成果も、記・紀の記事によって解釈可能な事例が漸増している。記・紀あればこそ、古代国家の成立史は解明しうるのである。

書名は本来「日本紀」か

この日本最古の正史は、一般に「日本書紀」と称されている。しかし、これに続く正史が「続日本紀《しょくにほんぎ》」と命名されており、その養老四年（七二〇）五月癸酉《きゆう》条に「是より先に一品舎人親王、勅を奉りて日本紀を修し、是に至りて功成り、紀三十巻と系図一巻を奏上す」と明記されている。従って、元来「日本紀」であったにちがいない。

この名称は、古代中国の正史が帝王の事績を中心に編年で記す「本紀」と諸侯などの伝記を人列に記す「列伝」とに分けていたのを参考にして、わが国では歴代天皇の「本紀」を中心に据え、その中に主要人物の「列伝」も組み込む史体としたからであろう。

ただ、それに「書」の字を加えて「日本書紀」と記した例が、早く天平十年（七三八）頃からみられる。これは中国の正史が『漢書』『後漢書』等と称しており、その中に本紀も列伝も含まれるから、それに肖《あやか》って「書紀」の名で普及したものと考えられる。

Ⅲ　月刊『歴史研究』より

京都産業大学を定年退職するにあたり、学祖荒木俊馬博士〈昭和53年(1978)没〉が作詞された学歌碑の傍に立つ(70歳)。平成24年3月12日、新恵里氏撮影

〈喜寿余話〉

69　その㈠　母の想い出　父の面影

平成三十年（二〇一八）六月号

あれから、はや七年

かつて「人生五十年」と言われた。幸若舞《こうわかまい》『敦盛《あつもり》』にみえる「人間《じんかん》（人の世）五十年……夢幻の如くなり。……滅せぬもののあるべきか」に由来するという。

しかるに、日本人の平均寿命は、今や男性八十一歳弱、女性八十七歳強となり、世界のトップレベルにある。かくいう私も、本年十二月に満七十七歳、いわゆる喜寿を迎えるが、母は十一年前に九十一歳で他界したから、もう暫く生き永らえられるかもしれない。

とはいえ、人生なにが起きるか判らない。あの平成二十三年（二〇一一）三月十一日に突発した東日本大震災のショックは、平成十四年（二〇〇一）九月十一日のニューヨーク・ツインタワー爆破事件と共に、いろいろなことを考え直す転機となった。

大震災の十二月に私は満七十歳となり、翌二十四年三月、京都産業大学を定年退職する際、『古希随想―歴史と共に七十年―』（歴研）を出版した。これは吉成勇氏（歴史研究会主幹）のご高配により、月刊『歴史研究』に連載された随筆を中心に纏めたものである。

その春、私は郷里の岐阜県揖斐川《いびがわ》町から娘家族のいる神奈川県小田原市へ移り住んで、千葉県柏市にあるモラロジー研究所へ勤め始めた。それから満六年余、幸い連れ合い共々健康に恵まれ、結構多忙な日々を自分流に楽しんでいる。

そこで、再び吉成勇氏の御好意に甘えて、前掲の随筆で書けなかった私的なことなどを、この月刊『歴史研究』に六回ほど連載していただく。

厳しくても朗かな母

今回は、両親のことを中心に話そう。まず私の父「久雄」は大正元年（一九一二）十一月に、岐阜県西美濃の山間部（揖斐郡小島村野中）で小作農家の長男として生まれ育った。やがて昭和十三年（一九三八）結婚した相手の「かなを」は、大正五年（一九一六）八月、隣村（現在池田町白鳥）で河本桑次郎の長女に生まれている。

この「桑サ」（愛称）は、平生農作業に勤みながら、数人の仲間と熱心に芸事を習い、白鳥神社の例祭に神楽《かぐら》を奉納したり、郡内各地の村祭などに招かれ、田舎芝居を演ずるようなことの好きな明るい人柄で、多くの方々から親しまれていた。

しかし、家は貧乏人の子沢山で苦しい。そのため、母は尋常小学校で成績が良くても女学校へ行くことができず、岐阜市のN（中部電力重役）家へ住み込み奉公に出ている。幸いそこの奥様に可愛がられ、行儀作法やお稽古事などもしっかり教えていただいたことに、生涯感謝していた。

年季明けの昭和十三年（一九三八）四月、遠縁の父と見合い結婚した。けれども、その前後に舅《しゅうと》と姑《しゅうとめ》が病気で亡くなり、また翌年末に生まれた長女豊子（私の姉）が風邪で急逝した。その上、同十六年（一九四一）十二月に私が生まれてから半年後、満二十九歳の父が赤紙招集され、それから一年後に南方ソロモンで戦死している。

満二十七歳手前で未亡人となった母は、数反歩の田畑を耕しながら、私を育てあげてくれた。すこし病弱な一人息子を何とか鍛えあげようと、随分と厳しくした。

たとえばイタズラをしたり弱音をはくと、すぐ仏壇の前に座らせて「お父ちゃんがいつでもどこでも功を見てるよ。お父ちゃんのように死ぬ気でやれば、何でもできんことはない」と叱ったことが忘れられない。

しかし、根っから朗かな楽天家で、私が少し頑張ると、さりげなく褒めてくれた。しかも読み書きが好きなのか、小中学校で使う教科書や図書館で借りてきた本は、私より先に読んでしまい、早く覚えるのが得意であった。また、折々に短歌や俳句・川柳を詠んでいた。そこで、平成十六年（二〇〇四）それらを抄出して私家版『所かなを一人百首』を編み（家内が毛筆で清書）、ささやかな米寿記念としたこともある。

さらに、結婚の翌日から付け始めた日記は、亡くなる直前まで七十年近く書き続けていた（五十日祭に私家版『母を偲ぶ』作成）。昨年夏の十年祭までに、その全文から要点を抜き書きしたノート『所可豊日録抄』を作ったが、これは私の貴重な人生記録でもある。

三十年ぶりに「父」と出会う

この母がいつも誇りにしていた父は、前述のとおり私の生後まもなく出征し、一年後に戦死しているから、残念ながら何の記憶もない。

しかし、中学生の頃から漠然と父の面影を求めるようになり、やがて父が亡くなったのと同じ満三十歳を迎えた時、何とか父の戦蹟を訪ねたいと思い立った。そして昭和四十七年（一九七二）七月、同じ遺児のS君（大垣市在住）と南太平洋のソロモン諸島ニュージョージア（ガダルカナル島の西）へ出かけたことがある。

その島は当時まだ英国の統治下にあったが、幸い近くに住む佐藤行雄氏（33歳）や現地人の協力をえて、鬱葱《うっそう》としたジャングルに入った。そこで、奇しくも内蓋に「所」と刻んだ飯盒などを見付け、しかも、その翌日は父の命日（七月二十七日）であるが、その朝、遺骨の断片を手にすることができた。

夢にも現れなかった父（兵長）は、三十年近く私が訪ねてくるのを待っていてくれたのであろうか。なお、平成五年（一九九三）五十年祭に私家版『えにしのふしぎ』を編んだ。

（平成三十年三月三十日稿）

70　その㈡　小中高大の親友・学友

平成三十年（二〇一八）七・八月合併号

小島小中学校の遊び友達

「ふるさとは遠きにありて想ふもの」（室生犀星《むろうさいせい》）という。私も平成二十四年（二〇一二）春に郷里を離れてから、あの山あの川、何より〝竹馬の友〟が懐かしい。

郷里は、小島山の裾を流れる揖斐川と、伊吹山から流れ出る春日川とに挟まれた扇状地の沃野である。

その中心部に明治六年（一八七三）創立の小島小学校がある。私は昭和二十三年（一九四八）春そこへ入学し、同じ敷地に併設された小島中学校を卒業するまでの九年間、百名近い同級生（二クラス）とよく遊び、色々なことを学んだ。

生まれつき運動神経の鈍い私でも、夏には近くの揖斐川で対岸めざして泳げなければ恥しい。一年生の時、そう思って挑戦した途端、あっという間に溺《おぼ》れてしまったが、咄嗟《とっさ》に近所のS先輩が引き上げ助けてくれた。

冬になると、いつも雪合戦に戯れた。ある日、数人で遊びすぎ遅れて教室へ戻ると、担任の先生から「廊下でバケツを持ち立ってろ」と叱られ、大風邪をひいたことがある。

ただ、外祖父の影響か、芝居の真似《まね》が好きな私は、毎年の学芸会で主役に選ばれ、他学年の生徒にも知られていた。そのせいか、五年生の時、級友A君が児童会の会長候補に私を担ぎ出して、当選させた。このA君は、今も毎年クラス会の世話人を務めている（また高校まで一緒のO君は、関東クラス会の世話人をしている）。

中学では顧問の窪田上《のぼる》先生に誘われて、音楽部へ入った。しかし、不器用な私は、希望のバイオリンがうまく弾けず、誰も引き受けない大きなチェロと雑務に力を入れた。

大垣北高校の英才たち

戦後十年余の田舎では、中学を卒業したら、家業を継ぐか町へ働きに出るのが普通であった。しかし、母子家庭には奨学金が出ると聞き、俄《にわか》に勉強して、昭和三十二年（一九五七）春、県立大垣北高校へ進学した。

ここは岐阜高校と並ぶ名門校である。私の一年C組にも、平成二十七年秋に文化勲章を受章した中西重忠君をはじめ、英才がたくさんいた。そのおかげで、理数系の苦手な私は、得意な友人らに助けてもらい、何とか皆に追い付けた。

課外のクラブは、好きなレコードの選べる放送部に入った。ある昼休み中、スイッチの切り替えを忘れて雑談を流してしまい、S校長から大目玉を喰ったこともある。

二年生になる時、先輩のTさんから、「生徒会の会長にK君を推したいが、副会長の候補をセットで出すため、中学で生徒会長をしていた君に頼みたい」と真面目に口説かれ、一年近く手伝った（そのK君が最近、癌で亡くなって寂しい）。

この北高時代、大阪の千早城跡に建っている「存道館」で行われた日本学協会の鍛錬会《たんれんかい》に初めて参加した。そこには志の高い大学生・高校生など数十名が集まっており、自分は何のために勉強するのかを深く考えさせられた。

それで、一緒に参加したY君と相談して「歴史同好会」を作り、顧問・稲川誠一先生の指導で名著の輪読や大垣周辺の史跡探訪などを始めた。そのOB有志による「汗青会《かんせいかい》」が、今も続いている（ホームページかんせいPLAZA参照）。

名古屋大学の先輩と同輩

高校進学すら難しかった私が、昭和三十五年（一九六〇）春、名古屋大学へ入り、四年後に大学院まで進みえたのは、「矢橋謝恩会」から奨学金を支給されたおかげである。

しかし、大学は入学早々、安保条約の改定（日米同盟の対等化）絶対反対を唱える民青主導の学生自治会が、連日スト・デモ作戦を強行していた。

それに疑問を感じた私（18歳）は、ストの日も教養部の図書館へ通い、また平日は帰途に大垣などで家庭教師のアルバイト、さらに休日は近畿日本ツーリストのアルバイト添乗員として各地へ出かけた。

その上、高校生向けに模擬試験の問題作成や通信添削を運営する学生アルバイト組織「名大コンクール」に、国語（古文）の問題作成委員として入ったところ、一年上に秀才の田島毓堂《いんどう》先輩（のち名古屋大学教授）がおられ、色々なことを教えていただいた。

専攻した文学部国史学科には、大学院のオーバードクターや現役・および他大学からの聴講生も十数名おられ、学部生の史料購読などを親切に指導してくださった。同期生の多くは高校などの教員になったが、マスコミへ行った者も少なくない。

そのうち大学院へ進んだのは、ハイカラなJ君と貧相な私の二人のみ。その彼が「古代奴婢研究」を選び、対極の私は「宮廷儀式研究」に向かった。

なお、大垣北高から名大へ通った同級生は、「大名会」と称する親睦会を作り、地元にいるK君（英語教諭で俳人）などが世話を続け、毎年何回も会食している。

また千早で知り合った有志などが中心となり、市村眞一先生（阪大→京大の教授）などの指導をえて関西の各大学で「日本学生協議会」を立ちあげた。その研修会に時折参加した縁により、ＯＢの作った「弘志会《こうしかい》」メンバーとの交流が、今なお続いている。

（平成三十年四月三十日稿）

71　その㈢　人生・学問の恩師たち

平成三十年（二〇一八）九月号

小中学校の先生方

「仰げば尊し」は一昔前の卒業式では必ず斉唱された。この歌は伊沢修二が米国留学より持ち帰った楽譜に、大槻文彦（『大言海』編者）が歌詞を付けて、明治十七年（一八八四）『小学唱歌集』に収録された。日本では、この歌い出しの「わが師の恩」こそ尊い。

私にとっての恩師は、まず小中学校の担任である。小一・二の小岩あや先生、三・四の杉田藤一先生、五年の中沢剛先生、六年の国枝定一先生、ついで中一の岩井亮乙先生、二・三の高橋忠一先生、いずれもやんちゃな私共を、時に厳しく実は優しく導かれた。

また小五の時から図画担当非常勤の馬場（小倉）重臣先生は、課外の写生大会などまで指導された。おかげで絵も書も下手な私が、一回だけ岐阜県知事賞をいただいた。

さらに中学で社会科担当の岩井先生は、私に歴史への目を開いてくださった。また国語担当の井口（のち林）徳子先生は、私を大の読書好きに導かれた。

高校で終生の恩師に出会う

大垣北高校では、一年の担任が美人の田中明子先生（英語）、二年の担任がハンサムな桜本英二先生（数学）で、まもなくお二人が結婚されたのに少し驚いた。また三年の担任は僧侶の竹中照洗先生（国語）で、古典・古文の面白さを伝えられた。

各教科担当の先生方もベテラン揃いで、大学入試対策に熱心だった。ただ、そんなことを全く構わないユニークな先生もおられた。世界史と日本史担当の稲川誠一教諭である。大正十五年＝昭和元年（一九二六）生れの先生は、東大文学部で平泉澄《きよし》博士に師事して、中世政治史を専攻され、戦後も大学院で研究を続けられた。しかし、孝養を尽くすために帰郷し、私が入学した昭和三十二年（一九五七）春、三十歳で大垣北校へ赴任された。

この稲川先生は、授業が面白いだけでなく、新聞部や剣道部の顧問として文武両道に力を入れ、「歴史同好会」の顧問として学問の本質を教えられた。この先生に感化されて、私は史学の研究と教育を志したのである。

大学と院以降の教授など

名古屋大学では、教養部（一・二年）の指導教官に決まった佐々木隆美教授（日本文化史）にも、国史概説の尾藤正英講師（近世思想史）にも、親しく指導を賜った。

ついで文学部と大学院（修士課程）では、学部の創設に尽力されて以来の中村榮孝《ひでたか》教授（日鮮関係史）と、東大の史料編纂所から来任された彌永《やなが》貞三助教授（古代政治経済史）、また名大ＯＢの小島廣次講師（古文書学）と藤村道生《みちお》助手（近代政治史）、さらに国文学の松村博司教授〈平安文学〉・後藤重郎《しげお》助教授〈和歌文学〉などから指導をいただいた。

特に主任の中村先生は、日本の前近代史をアジア史全体から考察するよう教えられた。また卒論・修論の指導教官彌永先生は、日本的な漢詩文の深い読み解き方を示された。

しかも、これらの先生方とは別に、稲川教諭と同じ平泉門下で皇學館大学を再建された田中卓（古代史）・西山徳（上代史）・久保田収（中世史）・三木正太郎（近世史）・荒川久寿男（近代史）・谷省吾（神道史）野口恒樹（倫理学）各教授から多大な影響を受けた。

とりわけ田中博士は、学部を卒えたら岐阜県の高校教員に就職する予定だった私に、ぜひ大学院へ行くように勧められ、修士課程卒業後（昭和四十一年春）に皇學館大学の国史学科助手になる道を開いてくださった。

さらに皇學館から文部省へ移った。村尾次郎主任教科書調査官の定年退官に伴う後任が必要になり、田中博士と親しい時野谷滋主任に説得されて決断した。その在任中、國學院大學の律令研究会で瀧川政次郎博士などの指導を受けることができた。

しかも、毎回帰路を共にした坂本太郎博士は、拙著『日本の年号』（昭和五十三年刊）に懇篤な序文を賜った。また利光三津夫慶大教授は、昭和六十年（一九八五）、私に学位論文提出を勧め主査を務めてくださった。まことにありがたい学恩である。

（平成三十年六月九日稿）

72 その㈣ 大学に勤めて半世紀余の幸せ

平年三十年（二〇一八）十月号

「心のふるさと」皇學館

早くから学校の教師になることを夢みていた私は、昭和三十九年（一九六四）春の学部卒業に先立ち、岐阜県立高校の教員採用試験を受けて合格した。その後、急に大学院へ進むことになり、修士課程の二年間、岐阜から名古屋へ通いながら、伊勢の皇學館高校で社会科の非常勤講師として初めて教壇に立った。

ちなみに、修士在学中、千代田化工建設の懸賞論文「私の大望」に応募して入選した拙稿のテーマは「教師への道」である。

ついで同四十一年春（一九六六）皇學館大学文学部の助手に採用された。先生方や来訪者の応接、とくに種々な教材のガリ版切から学生たちのよろず相談や読書会の世話などまで、ほとんど休む暇もなかった。

それから三年後の同四十四年春、専任講師となり、新聞部と音楽部の顧問も引き受けた。授業は教養の国史概説や専門の史料講読と演習などを担当。やがて優秀な卒業論文も書ける逸材を各界へ送り出すことができた。

特に同四十六年（一九七一）入学の国史学科十期生（約百名）は、クラス担任として四年間、苦楽を共にした。毎月のクラス集会、春秋の研修旅行、大学祭での樽神輿《たるみこし》などから、同四十八年（一九七三）神宮の第六十回式年遷宮に先立つ御木曳《おきひき》・御白石持《おしらいしもち》などに参加し、さらに有志と皇居の勤労奉仕にも出かけた。

同五十年（一九七五）春、その十期生卒業と一緒に私（33歳）も伊勢を離れた。それから四十三年後の今年五月、喜寿祝賀のため十五回目クラス会を伊勢で開いてくれた。

非常勤出講も面白い

昭和五十年春から六年間の文部省在職中は、教科書調査官として本務に精励した。ただ週一回、自由に研修してよいことになっていたので、平安朝儀式書などの調査に都内各地の古文庫や図書館へ通った。

また二年目から文化庁のY主任調査官を通して国士舘大学文学部藤木邦彦教授から非常勤講師を頼まれ、国史学科で古代史料の講読と平安文化史の概論を担当した。受講生たちは、皇學館と同様に、真面目で礼儀正しい。

その上、そこへ駒沢大院生のK君や立正大院生のO君が来てくれた。そこで、和田英松博士編の遺著『國書逸文』を校訂増補する研究会を作り、毎月の例会と年二回『國書逸文研究』の発行に努力した（それは私が京都へ移ってからも続け、やがて平成七年に『國書逸文』の新訂増補版を刊行した)。

さらに四年目から十一年間、中野の警察大学校で教養の日本「歴史」を担当し、やがて皇居内の皇宮警察学校にも五年余り出講した。

京都産業大学で三十数年

昭和五十六年(一九八一)春、文部省の後任を國學院大學日本文化研究所員の嵐義人《あらしよしと》氏に引き継いでもらい、憧れの京都にある産業大学へ転出した。それから定年退職まで三十一年間、専任教授として勤続(途中から同志社の大学院に出講)。その後も今なお、産大でリレー講義の分担また大学評議員などを続けている。

ただ、専任中の所属が二転三転した。初めは当時ユニークな人材を集めていた大所帯の教養部へ配置された。新たに始めた「日本の年中行事」と「平安貴族の生活と文化」は、共に受講生が多く、試験の採点に苦労したが、その講義ノートを基にして『日本の祝祭日』『京都の三大祭』などを出版した。また教職課程用の「日本史の教科教育法」は、少人数ながら志の高い教員を各地へ送り出すことができた。

ついで、四年目の昭和五十九年(一九八四)春、突然法学部へ移籍を求められた。しかし、そのおかげで「日本法制史」の講義とゼミを担当し、翌年度から大学院の法学研究科も兼担して、広義の法制史を学び究めたい学生と出会えるようになった。

三年の演習Ⅰと四年の演習Ⅱの受講生が合同で毎年一泊二日のバスゼミ旅行を行い、また、卒論文集「出藍」を作り続けた。平成の初め、熱心なゼミリーダーが、大学祭の模擬店に私の似顔絵入りグッズなどを作り好評を博したこともある。

さらに、平成七年春（53歳）から新設の日本文化研究所へ初代の所長として移籍の上、一般教育センター長の兼務も命じられた。前者は九年間、後者も六年間続き、わが人生で最も多忙な激務に取り組み、軽い胃潰瘍を患った。しかしながら、その研究所では、学内外の協力者たちと賀茂文化や女帝宸記の共同研究をすることができた。

やがて平成十六年春（62歳）、再び法学部へ戻り、定年退職まで八年間、ゼミと講義に力を入れた。そこには京都市内の大学コンソーシアムによる学外からの受講者まで加わり、毎週学食で雑談ミーティングもすることができた。

産大の大学院では、前期・後期を通して指導した川田敬一君に博士（法学）の学位を出し、また学内外の教授の学位審査に主査を務めた。さらに他大学の学位審査に副査として関わったこともある。

教えることは、教師みずから学ぶ機会でもある。そのような仕事を半世紀余り続けられる機会に恵まれたことは、誠に幸せな人生と感謝するほかない。

（平成三十年八月三十日稿）

73 その(五) 「連れ合い」との五十年

平成三十年（二〇一八）十一月号

〝姉女房〟との出会い

人生はさまざまな偶然によって成り立つ。その一つが結婚かもしれない。私の場合、母に長らく苦労をかけて育ったから、唯一、お袋と仲良くできる人をと念じていたところ、不思議な女性が現れた。

今から丁度五十年前の昭和四十三年（一九六八）九月十五日、京都大学の楽友会館で開かれた法制史学会近畿部会で、私（26歳）が修士論文「令制国司の変質過程」の一部を発表した。そこへ京都女子大学の村井康彦教授に指導を受けていた地味な研究者（菊地京子）が、のち名城大学教授になるT氏らと来ていた。その帰途、みんなで喫茶店へ行き、偶然隣に座った彼女と挨拶を交わして、何となく気の合う人だと感じた。

しかも、彼女の修士論文は「平安貴族社会の研究」というテーマで、その一部が「〝所〟の成立と展開」と題して学術誌に掲載され、その抜刷を手渡された。それに書き添えられた素直なペン字が気に入り、早速付き合い始めた。

ただ、都会で育った彼女が、田舎に馴染めるかどうか、また私より五歳も年上でいいのか、親戚などが心配していた。しかし、何より母が「京子さんなら大丈夫」と信じてくれたので、一気に話が進んだ。そして半年後の翌四十四年（一九六九）四月四日、大垣の濃飛護国神社で結婚式を挙げ、伊勢の小さなアパートで新生活を始めた。

伊勢と東京から岐阜へ

それから六年間、私は皇學館大学で段々多忙となり容易に帰省できなかったが、京子は毎週土日月に岐阜の自宅で母と過ごし、かなりきつい農作業も手伝ってくれた。四年後の昭和四十八年（一九七三）五月、待望の長女が生まれてからも行き来を続けた。

しかも、その合間に新テーマで研究に取り組み始めた。それは結婚後まもなく二人で訪れた松阪近くの「斎宮跡」で発掘調査を見て、伊勢と賀茂の斎王に関する比較研究をしたら面白いかもしれないと思い付き、家内に勧めたところ、乗り気になった。そして家事の傍ら関係史料を拾い集め、少しずつ学術誌に出し始めた。

やがて同五十年（一九七五）春、私の文部省転勤により、家内も娘も埼玉県朝霞市の公務員住宅に入ったが、毎月数日、岐阜へ帰ってくれた。そんな状況でも斎王研究は細々と続けていたが、同五十五年（一九八〇）正月早々、母が骨折で入院すると、家内は自分で母の面倒を見ると決め、娘と岐阜へ移った。

その直後、不思議なことに、岐阜の聖徳学園女子短大から家内に対して、国文学担当の専任講師を引き受けてほしい、との依頼があった。そこで四月より、京子は田舎の家で母と娘の面倒や近所付き合いをしながら、岐阜市内の短大へ勤めることになったのである。

京都・岐阜から小田原へ

そこで、私（38歳）は一人東京に留まり、公務以外は研究に没頭していた。すると、まもなく田中卓博士を介して京都産業大学の柏祐賢学長より依頼があり、昭和五十六年春から教養部教授として赴任した。それ以来三十一年にわたり奉職したのである。

その間、京都には家内の母がおり、岐阜には私の母・妻・娘がいるので、両方を毎週往き来した。幸い母と家内の仲が良く、私も晩年の義母を少し世話することができた。

やがて、娘が結婚した平成十年（一九九八）ころから、岐阜の母が、病院でなく「京子のいる家にいたい」と言い張り、毎日、かなり口喧嘩もしながら療養を続け、同十九年七月十日、満九十一歳手前で安らかに旅立った。

さらに同二十四年春、私（70歳）は京都産大を定年退職したら郷里で隠居するのが当然と考えていた。しかしながら、家内が娘の忠告で車の免許を返上することになり、車なしに〝限界集落〟で晩年を過ごすことは難しい。すると、いつの間にか娘夫妻が話し合い、小田原市国府津の駅近くに簡素な新居を建てた。ここに至って〝老いては子に従う〟ほかなくなり、喜んで〝東下り《あずまくだ》〟することになったのである。

（平成三十年九月十五日稿）

74　その㈥　定年後の七年近い歩み

平成三十年（二〇一八）十二月号

モラロジー研究所に着任

満七十歳の定年を控えて、文部省時代に知り合った人々などから、短大・大学の学長とか理事長などに誘われたが、もちろん分不相応と考え全て断った。

ただ、千葉県柏市のモラロジー研究所とは、早くから縁があった。まず当研究所を昭和元年（一九二六）に創立した廣池千九郎博士は、明治後期『古事類苑』の編纂に最も貢献した碩学であり畏敬していた。また博士の神宮皇學館教授時代に教えを受けた高原美忠氏が、私の皇學館大学助手在任中の学長で、いろいろエピソードを聴いていた。

さらに廣池博士がライフワークとされた「万世一系の天皇研究」を受け継いだ当研究員の美和《みわ》信夫氏と、文部省で教科書調査官の仕事を一緒にした。しかも京都産業大学の日本文化研究所で企画した研究会に、当研究所の橋本富太郎氏が熱心に参加していた。

そんな関係から、廣池理事長に当所の教授（研究主幹）を要請された時、ここなら何か役に立てるかもしれないと思い、引き受けた（廣池学園の麗澤大学客員教授なども兼任）。

「皇室関係資料文庫」の構築

この研究所は、モラロジー（道徳科学）を研究し普及する公益財団法人であるが、一般的には社会教育団体としての着実な活動が評価されている。

けれども、中核は「道徳」の学問的研究である。そのために二十名近い専任・兼務の研究員が五部門に配置され、毎月二回以上の合同研究会と年二回の公開研究発表会などを実施している。

ここで私は、若い研究員と共に、当面「皇室関係資料文庫」の構築に主力を注いでいる。これは、皇室の歴史と現状に関する多様な資料・情報を可能な限り収集しながら、それを調査研究して、成果を著書・論文などで発信する役割を担う。

ただ、資料といっても、現物は、私が寄贈した皇室関係書籍類、故高橋紘氏の遺族から頂戴したマスコミ関係資料くらいであり、書庫の収納スペースにも限界がある。

そこで、むしろ公的な文庫・図書館に所蔵される関係資料や、続々と出る書籍・雑誌などの関係情報を収集整理すると共に、皇室の歴史と制度（儀式・祭祀も）関係の新史料や新見解を、ホームページ「ミカド文庫」などから発信することに努める。また調査研究の成果は、雑誌『モラロジー研究』やブックレットなどにより公表している。

個人研究も共同事業も

では、これから何をするか。まず個人的には、既発表の研究論文などを再点検して刊行したい。容易に進まないが、当面、今年十二月、三善清行《みよしきよゆき》（八四七～九一八）の千百年祭を迎えるので、『三善清行の遺文集成』（原文と訓読）を京都の方丈堂から出版する。

それと共に、皇室関係の史資料を研究して刊行したい。すでに平成二十四年『皇室に学ぶ徳育』（モラロジー研究所）、また同二十五年『伊勢神宮と日本文化』、同二十六年『昭和天皇の教科書「国史」』、同二十八年『昭和天皇の学ばれた「倫理」』（いずれも勉誠出版）、同二十九年『象徴天皇「高齢譲位」の真相』（ベスト新書）、今年春『皇位継承』増訂版と『元号』（共著、文春新書）などを出した。

それに加えて、今年八月『近代大礼関係の基本史料集成』（国書刊行会）を出したが、続けて『「五箇条の御誓文」関係資料集成』（原書房）および『大正大礼記録／絵図・写真資料集』（勉誠出版）と『光格天皇関係絵図集成』（国書刊行会）の準備を進めている。

一方、有志との共同事業として、平成二十八年《近世の宮廷文化》特別展（京セラ美術館と城南宮）、ついで翌二十九年《近代の御大礼と宮廷文化》特別展（明治神宮の文化館）、さらに今秋《京都の御大礼》（細見美術館と京都市立美術館別館）を開催する。

なお、毎年、春分の日ころ大垣市で開く汗青会セミナー、また秋分の日に郷里揖斐川町で催す「広木忠信に学ぶ会」を三十年ほど行ってきた。両方とも地元の人々と共に末永く続けていきたい。

（平成三十年十月二十日稿）

〈巻頭随想〉
75 その① 花開く「京都の御大礼」特別展覧会

平成三十年（二〇一八）九月号

「念ずれば花ひらく」というのは、坂村真民（一九〇九〜二〇〇六）の著名な詩の一節である。夢を懐《いだ》き念じながら、力を尽くし続ければ、やがて花開く、ということであろう。そう思えるような経験は、私にも再三ある。

そのひとつが、今秋の九月に実現する「京都の御大礼―即位礼・大嘗祭と宮廷文化のみやび」特別展覧会にほかならない。京都で産業大学に三十一年勤めた私は、定年退職後も、京都のために何か役立つことができたらと想っている。時あたかも東日本大震災後、万一に備えて京都で首都機能を果たせるようにする必要があるとして、京都府知事と京都市長のもとで「双京構想」の検討が始まり、その委員会に私も加えられ、議論を重ねてきた。

しかし、今さら「双京」と言うまでもなく、京都は東京と共に今も「ミヤコ」（皇宮《みや》のある処《こ》）なのだ。なぜなら京都で生まれ育たれた明治天皇の叡慮により、明治二十二年（一八八九）勅定の「皇室典範」（第十一条）に、皇位継承の最も重要な儀式の「即位礼及び大嘗祭は、京都に於て之を行ふ」と明示されたからである。

そのおかげで、大正四年（一九一五）と昭和三年（一九二八）の即位礼・大嘗祭および大饗は京都で行われ、京都御所は「京都皇宮《こうぐう》」と公称されることになった。これで京都は「ミヤコ」の機能を回復しえたのであり、それが今も続いている。

しかるに、この明白な事実が、京都の人々にすら、ほとんど理解されていない。そこで、大正大礼から百年の三年前（平成二十六年）、展覧会を開けば、その意義が再認識されるかもしれないと思い付いた。その夢が実り始めている。まず一昨年秋、京セラ美術館で「近世の宮廷文化展」、ついで昨年秋、明治神宮文化館で「明治の御大礼展」、さらに今秋、平安神宮の近くで「京都の御大礼」特別展を開催できるに至ったのである。

76　その②　「平成」の意義と新元号への期待

平成三十年（二〇一八）十月号

近ごろ「平成最後の」という形で、よく元号が用いられる。この「平成」年号は、昭和五十四年（一九七九）制定の「元号法」に基づき、十年後（一九八九）の正月七日、政府により決定され、新天皇の署名された「政令」が公布、翌八日から施行された。

その選定に尽力した竹下登内閣の小渕恵三官房長官により公表された「平成」は、『史記』と『書経』を出典とする。『史記』の「五帝本紀」に「父は義、母は慈、兄は友、弟は恭、子は孝ならば、内平かに外成らん」とあり、また『書経』の「大禹謨《だいうぼ》」には「地平かに天成り、六府三事、治に允れば、万世永く頼らん」とみえる。

この両方から「平」と「成」を取り出して組み合せたのが「平成」である。政府の説明によれば「平成には、国の内外にも天地にも平和が達成される、という意味がこめられており」、それが新時代の理想として掲げられたことになる。

以来三十年、日本国および日本国民統合の象徴と仰がれる今上陛下は、その理想実現に向けて積極的に努力を続けてこられた。

この「平成」が来年四月末で終わり、五月一日に新元号が施行される。それがどの出典から選ばれ、どんな漢字になるかは、まだ判らない。また、今回はいわゆる「生前退位」（譲位）による皇位継承の年月日が特定されているから、その発表は少なくとも一カ月前がよいのか、それとも五月一日でなければならないのか、目下検討されている。

いずれにせよ、年号＝元号は、今や本家の中国にも周辺の諸国でも消えてしまい、象徴天皇制度の健在な日本にしかない超国宝級の漢字文化である。

一般国民も親が生れる子供の将来に願いをこめて名前を付けるのと同じく、「国民の理想を表すにふさわしい」新時代の元号ネーミングがどうなるか、しっかり見守りたい。

77 その③ みんなで歌う母校の校歌

平成三十年（二〇一八）十一月号

今年の十二月十二日で満七十七歳となる私は、幸いなことに懐しい母校の校歌を、みんなで歌う機会に恵まれた。

その一。秋の彼岸中に、毎年郷里の岐阜県揖斐川町で続けている「廣木忠信（江戸中期の崎門《きもん》学者）に学ぶ会」の翌日、七十年前に入学した母校の「ようこそ先輩」に招かれ、五・六年の生徒と父母会の方々や喜寿の同級生たちと、「小島小学校」校歌（各務虎雄作詞）を歌った。その冒頭にいう「小島の宮の跡所」とは、文和二年（正平八年・一三五三）後光厳天皇が、京都から逃れて暫く滞在された仮御所の瑞岩寺《ずいがんじ》である。

その二。毎秋開かれる岐阜県立大垣北高校の関東同窓会（十月十三日）でも、締め括りは校歌と決まっている。私共の在学当時の「はるかなる」（船坂俊輔作詞）と現在の「あかねさす」（森脇信夫作詞）とでは、歌詞も曲も異なり、在学中に歌った前者すらうろ覚えなのは、小中の場合と大違いである。ただ、両方とも伊吹山が詠み込まれている。

ついで進んだ名古屋大学には、そもそも学歌がない（と思う）が、旧制八高の代表的な寮歌の冒頭は「伊吹おろし」（中山久作詞）である。

その三。昭和四十一年（一九六六）から九年間勤めた皇學館大学に関しては、五月十九日に伊勢で十期生のクラス会、八月二十六日に京都で全国から集まる館友大会があった。両方で記念の講義・講演をする機会に恵まれた。その最後の花も、格調の高い学歌（平泉澄作詞）および旧制予科の元気な寮歌（潮千別作詞）である。

その四。昭和五十六年から三十一年間勤めた京都産業大学には、全国に同窓会の支部がある。その総会にはボランティアで出講することが多く、今年も最後は十一月二十五日、福岡へ行くことになっている。その懇親会でも、フィナーレを飾るのは必ず気宇壮大な学歌（荒木俊馬作詞・團伊玖磨作曲）である。

校歌・学歌には、当地の風景や建学の精神などが、端的に表現されている。その由来などは、市町村歌や都道府県歌と共に、さらに社歌や団体歌なども、総合的に詳しく調査研究する必要があろう。

78　その④　高尚な「道楽」の歴史研究

平成三十年（二〇一八）十二月号

歴史愛好者の全国的組織「歴史研究会」の創立六十周年を記念して、歴史上のいろいろなテーマを自由に選び、長らく調整し、研究してきた在野の人々に「歴史大賞」を授与する全国大会が、十月二十七日（土）東京で盛大に開催された。その基調講演を依頼され、「高尚な道楽の〝歴史研究〟六十年」と題する話をさせていただいた。

この「道楽」とは、「歴研」のアピール文にいう「生涯、道楽として歴史を学ぶ」ことにほかならない。それに敢えて「高尚な」という形容を加えたのは、人生という道を歩む友として、楽しく歴史を学ぶ（歴史に学ぶ）ことこそ、きわめて高尚（上品）な生き方だ、と確信しているからである。

およそ人類は、他の動物と違って、古くから文字や絵画・造形などの記録を作り、それを後世に伝えてきた。そのすべてが貴重な歴史遺産なのである。ただ、それが貴重だと言えるのは、その中味を丹念に調べ真価を知りえた人たちであり、ねうちが判れば、大事にして活用する気持ちにもなろう。

一般的に「道楽」といえば、「本職以外の趣味を楽しむこと」等と理解されている。確かに「歴史研究」も趣味の一種であろう。この趣味は、過去から伝わる歴史的な文物の真価を探究することであるから、どんなテーマでも、多かれ少なかれ、そこから生きる知恵（教訓）を見出すことができるにちがいない。

今や便利な情報ツールの急激な発達により、老若男女を問わず、真偽不明のバーチャルな瞬間情報に取り囲まれ、それに振り回されやすい。とすれば、いつでもどこでも、広義の歴史（身近なことでも遠大なことでも）に目を向けて、何が真実か虚偽かをしっかりと見きわめるように努め、自分なりの在り方・生き方を考えながら、心安らかに歩み続ける必要があろう。

もしこのような歴史研究を道楽とする心豊かな人々が多くなるならば、「百歳人生」が現実化する日本を楽しくすることができるかもしれない。

79 その⑤ 「平成」宮中歌会始カレンダーの試み

平成三十一年（二〇一九）一・二月号

「内平かに外成る」（『史記』五帝本紀）という名句を出典とする「平成」も、新年の四月三十日限りで新元号に変わる。それは、今上陛下（85歳）が皇太子殿下（まもなく59歳）に譲位されるからである。平成の満三十年四カ月は、これから日本歴史の一部分として振り返られることになろう。

そこで、私は皇室に心を寄せる一研究者として、今上陛下と皇后陛下の詠まれた御製・御歌を、既刊書などから集成しつつある。また、その中から毎年正月中旬に宮中歌会始で披講された、天皇陛下の御製と皇后陛下の御歌を各三十一首抄出して（但し歌会始中止の平成元年分は他の時の御製と御歌）、それを並べた日めくりカレンダーが作れないか、と思い付き、有志と出版を検討している。

ちなみに、宮中歌会始には、明治天皇の思し召しにより一般の国民が誰でも詠進することができる。その預選（入選）者は十名に限られるが、毎年すべての詠進歌を、両陛下が御覧くださるという。それを励みに、五十年前から家内も（生前の母も）一緒に詠進を続けてきた。平成三十年の御題「光」に寄せた拙詠は、もちろん入選していないが、恥しながらここに書き留めておこう。

喜寿の友　ふるさとの子らと　手をとりて　校歌の波に　光る泪《なみだ》も　（→77話）

80 その⑥ 御在位三十年記念式典の「おことば」

平成三十一年（二〇一九）四月号

この二月二十四日、皇居近くの国立劇場において、政府主催の「天皇陛下ご在位三十年記念式典」が開かれた。その席で陛下が感慨を込めて読まれた「おことば」には、極めて重要なことがいくつも指摘されている。

その一つは、中ほどの「私がこれまで果たすべき務めを果たしてこられたのは、その統合の象徴であることに、誇りと喜びを持つことのできるこの国の人々の存在と、過去から今に至る長い年月に、日本人がつくり上げてきた、この国の持つ民度のお陰でした」という、「この国の人々」と「この国の持つ民度」に対する高い御評価と深い御信頼である。

もう一つは、終りの方で、平成二年（一九九〇）十一月の大礼直後に、皇后陛下が詠まれた「平成」と題する御歌の一首「ともどもに平らけき代を築かむと諸人《もろひと》のことば国うちに充《み》つ」を引かれた上で、次のごとく述べられたことに心打たれた。

この頃（平成の初め）、全国各地より寄せられた「私たちも皇室と共に平和な日本をつくっていく」という、静かな中にも決意に満ちた言葉を、私どもは今も大切に心にとどめています。

これは昭和二十一年（一九四六）元日公表の「新日本建設に関する詔書」の中で「朕と爾等《なんじら》国民との紐帯《ちゅうたい》は、終始相互の信頼と敬愛とに依りて結ばれ」と仰せられた、君民一体の精神的伝統を、あらためて明示されたことにもなろう。

しかしながら、現今の私ども一般国民は、このような御信頼に応えられるほどの「平和な日本をつくっていく」決意をもって実践に努めているだろうか。それぞれの立場と能力に応じて何ができるかを考えながら、身近な人々と力を合わせて実現に努めたい。

81　その⑦　元号考案者目加田誠博士の郷里墓参

令和元年（二〇一九）五月号

今春三月二十五日、久しぶりに山口県岩国市を訪ねた。昨秋十月二十七日、歴史研究会の創立六十周年大祭で初めて会った岩国吉川会のN氏から、同氏も世話役の岩国健人会が主催（市教委の後援）する公開講演会に招かれたからである。

そのテーマは、「これまでの年号、これからの元号」とした。それは四月一日に政府が皇位継承に先立って公表する新元号への理解を高めるためにも、「平成」改元の経緯を話すことが時宜に叶うと考えたからである。

そこで、二月早々から準備していたところ、A新聞の記者より、昭和の終りに元号考案を委嘱された目加田誠博士の推敲メモが晩年を過ごされた福岡県大野城市の旧蔵書中から見付かったので、検討評価してほしいとの依頼を受けた。そのメモには、全二十案が典拠（すべて漢籍）の抄文と共に列挙されており、最善案に残った「修文」提出までの御尽力が初めて判明した（二月十七日朝刊特報）。

その際、博士の郷里は岩国市と聞いたので、講演の前に、錦帯橋を渡り桜の美しい洞泉寺奥にある御墓（奥様も一緒）へ詣り、石川祐光住職から心温まる逸話を承った。

博士は昭和五十四年（一九七九・75歳）母校岩国高校へ招かれ、若い人々に「どんな道でも結構ですから、どうか世の中で、正しい美しい、世界によろこばれる立派な国にするために、何か自分が捨て石の一つにでもなれたら、それで生きている甲斐は十分にあると思っていただきたい」（講演集㈠所収）と呼びかけておられるが、全く同感である。

82 その⑧ 近現代のユキ・スキゆかりサミット

令和元年（二〇一九）七・八月号

この五月一日、第一二六代の新天皇陛下が践祚《せんそ》（皇位への階段を践《ふ》み登ること）された。それに伴って、十月二十二日、盛大な「即位礼」、また十一月十四日夜から翌未明に厳粛な「大嘗祭」が行われる。併せて大礼とも大典ともいう。

その一代一度の大礼典に向けて、さまざまな準備が進められている。とりわけ大嘗祭には、神饌用の米と粟を栽培する地方の斎田を古来の「亀卜《きぼく》」によって定める儀式が五月に行われた。その結果、東日本代表の悠紀《ゆき》地方として栃木県、また西日本代表の主基《すき》地方として京都府が選ばれた。その両地方で最も好い条件の斎田において、播種・田植から秋の抜穂・献納まで奉仕される大田主《おおたぬし》や関係者は、大変に名誉なことながら、非常な苦労をさされることであろう。

それは、過去の大嘗祭でも同様だったにちがいない。そこで、この機会に明治・大正・昭和・平成の四代、それぞれ悠紀国・主基国として大役を果たした八地域の有志に集まってもらい、「近現代のユキ・スキゆかりサミット」を開催したいと思い立った。そして、先般来、いろいろな方々と協議を重ね、九月二十一日（土）明治神宮の神宮会館においてサミットを実現できることになった。

その八地域とは、明治四年（一八七一）東京で初めての大嘗祭に奉仕した山梨県の甲府市と千葉県の鴨川市、また大正四年（一九一五）および昭和三年（一九二八）、旧「皇室典範」により京都で行われた大嘗祭に奉仕した愛知県の岡崎市と香川県の綾川町、および滋賀県の野洲《やす》市と福岡県の福岡市、さらに平成二年（一九九〇）再び東京での大嘗祭に奉仕した秋田県の五城目町と大分県の玖珠《くす》町である。

これらの地方では、悠紀・主基に選ばれた由緒と名誉を後世に伝えるため、遺蹟の保存会を作り御田植祭などを行ってきたが、近年は都市化・高齢化などの難問に直面している。だからこそ、今、ゆかりの人々が一堂に会しえて、従来も今後とも日本人に不可欠な米（平常食）・粟（非常食）の文化がもつ意義を再認識し、それぞれの地域に伝わってきた活力を取り戻せるようなサミットを開催する意義があるにちがいない。

83 その⑨ 大礼記念に『光格天皇関係絵図集成』

令和元年（二〇一九）九月号

今秋十月二十二日（火・祝日）午前、皇居の宮殿（正殿「松の間」）において「即位礼」が行われる。これは五月一日「剣璽《けんじ》等承継」の儀により、皇位を継承された新天皇陛下が、国内外の代表二千名を招いて、御即位の決意と新時代への希望を表明され、祝福を受けられる一代一度の盛儀（国の儀式）である。

このような皇位継承は、明治以降の〝終身在位〟を原則とした「皇室典範」に囚《とら》われる限り不可能である。しかし、皇室の歴史に精通しておられる平成の天皇陛下は、第三五代の皇極女帝（在位六四二〜五）から第一一九代の光格天皇（在位一七七九〜一八一七）までに譲位が六〇例近くあり、特に史上最後の光格天皇が三十八歳で譲位されてから七十歳で崩御されるまで、次の仁孝天皇を見守りながら、心豊かな後半生を過ごされたことなどを十分ご承知であったから、数年前に譲位の御意向を固められたのだと報じられている。

今から約二百年前の文化十四年（一八一七）三月二十二日に譲位された光格天皇は、先々代の女帝後桜町上皇（在位一七六二〜七〇）などから、天皇の在り方を真摯に学ばれて、戦国時代から衰退し廃絶していた朝儀の再興や充実に大きな働きをされた。しかも、その盛容を描いた絵図がいくつも現存する。

そこで私は、それらを個別に調査し、当時の記録類と照らし合わせ、学術的に紹介してきた。このたび大礼記念として、それらに序論と解説と参考資料も加えた『光格天皇関係絵図集成』（国書刊行会）を、令和元年年度末までに出版する（※五月初旬発売）。

おもな絵図は「光格天皇御影」「御即位図」「御即位次第略解」「新造内裏還幸行列絵図」「公卿勅使（伊勢）宮川川原祓之図」「石清水臨時祭御再興図画」「賀茂臨時祭絵巻」「御琵

琶始之図」「桜町殿（仙洞御所）行幸図」「修学院御幸絵巻」などである。どれも判り易く、宮廷絵師の手になる美しい絵図が多い。ぜひ図書館などでご覧いただきたい。

84 その⑩ ふるさと揖斐川町の可能性

令和元年（二〇一九）十月号

生まれ育った「ふるさと」には、誰も格別な想いがあろう。私は岐阜県の揖斐川町から神奈川県の小田原市に移り住んで七年半になるが、ふるさとへの慕情は歳と共に深まる。

そこで、ささやかな恩返しとして、昭和五十六年（一九八一）から始めた「廣木忠信（江戸中期の崎門《きもん》学者）に学ぶ会」を毎秋開き、墓前祭と共に勉強会を続けてきた。それを従来は揖斐川町の文化財保護協会の有志と私的に行ってきたが、今年は九月二十二日（日）揖斐川町の主催により新築の「はなもも」ホールで開かれることになった。

しかも、そこでの講演を依頼されたので、テーマを「〝令和〟の理想と揖斐川町の可能性」とした。その前半では、新元号「令和」について、考案された中西進博士（89歳）が、「美しい麗しい和の精神を世界に広めていくことは、次代の日本人の務めだ」と述べておられることを紹介した。

それを承けて後半では、「麗しい和の精神」がどこにあるかといえば、近代以降に表面的な文明化の進んだ都会よりも、むしろ本質的に文化力の豊かな田舎に活きていること。この地域の人々がそう自覚することによって、そのような真の文化力をふるさと再生の可能性として活用する必要があるのではないか、という持論を述べた。

率直に振り返れば、かつての私は、漠然と都会の表面に憧れ、田舎で生れ育ったことにコンプレックスを感じていた。しかしながら、本当の美しさは、自然の中で人々が心を寄せあう「麗しい和の精神」であろう。それが比較的豊かに伝わっている田舎こそ、むしろ幸せな未来を拓きうる可能性が高い、と今では実感している。

わがふるさと揖斐川町は、琵琶湖より広いが、ほとんど山間部から成る人口約二万人余の過疎地である。しかしながら、四季折々の自然に恵まれ、近隣も親戚も人情に厚い。問題はそれを長所として自覚し、その可能性を活用することができるかどうかであろう。ここを離れた私も、郷里の歴史的な文化力を地元の心ある人々と掘り起し伝え広めることに、可能な限り微力を尽くし続けていきたいと考えている。（→35話）

85 その⑪ 天武天皇朝「新嘗斎忌」ゆかりの神社

令和元年（二〇一九）十一月号

毎年十一月二十三日に行われる「新嘗祭」が、今年は御代始めの「大嘗祭」として営まれる。前者の起源は弥生時代に遡るであろうが、後者の初見は天武天皇朝である。

それは『日本書紀』の天武天皇二年（六七三）十二月丙戌条に「大嘗《おおにえ》に侍《つか》へ奉れる中臣《なかとみ》・忌部《いんべ》等、并せて播磨と丹波二国の郡司……等に禄を賜ふ」とみえる。これによって、前年の壬申《じんしん》の乱で勝利して即位された天武天皇が、播磨を悠紀《ゆき》国、丹波を主基《すき》国と定められて「大嘗」の祭を営まれた後、奉仕した中臣連《むらじ》・忌部首《おびと》や悠紀・主基の両国郡司らに禄物を賜ったことがわかる（「ゆき」も「すき」も清らかな所）。

その上、『日本書紀』同五年（六七六）九月丙戌条に、「新嘗《にいなめ》の為に国郡を卜《うらな》はしむ。斎忌《ゆき》は尾張国の山田郡、次《すき》は丹波国の訶沙《かさ》郡、並びに卜に食《かな》へり」という「神官」（大宝・養老令《りょう》の「神祇官」）の奏言をあげている。

これによって、当時は平年の「新嘗」祭でも、おそらく亀卜《きぼく》を用いて悠紀と主基の地方を定め、最も出来の良いお米（および粟）を献納させていたことがわかる。それが間もなく大宝・養老令により、毎年の新嘗祭では、近畿の官田《かんでん》（朝廷の直営田）から、また一代一度の大嘗祭では、畿外に卜定する悠紀国・主基国から供納させることになっている。

ところで、天武天皇五年の新嘗祭に際して献穀の大役を務めたのは尾張と丹波のどこなのか、『日本書紀』に明記されていない。しかし、前者の伝承地は判明している。それは現在の名古屋市に隣接の（今年六月二日、第七〇回全国植樹祭を成功させた）発展著しい尾張旭市の「渋川神社」（延喜式内社）であり、その近くに「直会《なおらい》神社」まである。

最近、当地のT市会議員（皇學館大學の十期生）が企画した市民講演会に招かれた。その機会に、この伝承地を初めて訪ねたが、確かに当地は、古墳時代から尾張氏の開発した水利に恵まれる稲作好適地であり、史上最古の「斎忌」米を作りえたにちがいない。

86　その⑫　即位礼に花を添えた海外王家の方々

令和元年（二〇一九）十二月号

この十月二十二日、皇居の宮殿正殿を中心に開催された即位礼の儀と饗宴《きょうえん》には、海外から一九二カ国と国際機関の代表が四三〇名余来訪し祝意を表された。

そのうち、特に注目されたのが、さまざまの形で君主制をとる国の方々である。それを

「大礼委員会」公表の「重要度リスト」により抄出すれば、次のとおりである（番号と丸括弧内の満年齢は私注、A・Bの序列は就任順、敬称略）。

A（国王と同妃など）……1ブルネイのボルキア国王（74歳）、2スウェーデンのグスタフ国王（73歳）と王女のビクトリア皇太子（47歳）、3旧スワジランドのムスワティ三世（51歳）、4レソトのレツィエ三世、5モロッコのモハメド六世（56歳）、6ルクセンブルクのアンリ大公（64歳）、7カンボジアのシハモニ国王（66歳）、8モナコのアルベール二世（61歳）と同妃、9ブータンのワンチェク国王（39歳）と同妃とジグメ・ナムゲル王子（3歳）、10トンガのツポウ六世（60歳）、11オランダのアレクサンダー国王（52歳）と同妃、12カタールのタミム首長（39歳）、13ベルギーのフィリップ国王（59歳）と同妃、14スペインのフェリペ六世（51歳）と同妃、15サモアのスアラウィア二世（72歳）、16マレーシアのアブドゥラ国王（60歳）。

B（皇太子）……17イギリスのチャールズ（61歳）、18デンマークのフレデリック（51歳）、19リヒテンシュタインのアロイス（51歳）、20バーレーンのサルマン（50歳）、21サウジアラビアのムハンマド（60歳）、22ヨルダンのフセイン（57歳）。

このうち、ヨーロッパの諸王国では、ほとんど、王位継承を「長子優先」と定めている。

そのため、来日した2スウェーデンのビクトリア王女（42歳）をはじめ、11オランダのカタリナ・アマリア王女（15歳）も、13ベルギーのエリザベート王女（18歳）も、また現在「男子優先」の14スペインでも、今のところレオノール王女（13歳）のみであるから、これらの方々がいずれ女王となられることになろう。

87 その⑬ 皇室永続に必要な改革試案

令和二年（二〇二〇）一・二月号

平成二十九年（二〇一七）六月に「皇室典範特例法」が成立した際、国会で衆議院も参議院も与野党・各会派が賛同して、新たに、御高齢を理由とする退位（譲位）に関連する問題点として採択した「附帯決議」で、「政府は、安定的な皇位継承を確保するための諸課題、女性宮家の創設等について、皇族方の御年齢からしても先延ばしすることはできない重要な課題であることに鑑み……全体として整合性が取れるよう検討を行い、その結果を、速やかに国会に報告すること」を求めている。

これを承けて、すでに様々な論議が行われている。旧態然たる観念論も少なくないが、いま必要なのは、長い歴史と厳しい現実を直視して、実現可能な具体策により、大方の合意を形成することであろう。そのために熟慮した私の試案は、次のとおりである。

一　皇位継承の有資格者を「皇統に属する男系の男子」のみに限定する現行法制は、これから二代先まで維持可能な状況にある。しかしながら、現行典範により側室の庶子を認めない一夫一婦のもとで、その先にも必ず男子を得られる保証はない。従って、男系の男子限定から男子優先に改め、万一に備えて、男系の女子（女性天皇）も当面一代に限り認めておく必要があろう。

二　皇室を構成される内廷（本家）にも宮家（分家）にも、若い世代には悠仁《ひさひと》親王以外に男子がない。また女子皇族六名は一般男性との婚姻により皇族の身分を離れなければならないことになっている。従って、少なくとも内廷の愛子内親王は直宮家《じきみや》を立てられるようにし、また女子しかない宮家の一名は当家を相続して、皇族の身分に留まれるようにしておく必要があろう。

三　皇室では、宮家の当主も祖先（皇霊）の祭祀を継承し、成年になれば公務を分担しなければならない。従って、常陸宮家のように御子のない場合、また内親王・女王が婚姻により皇籍を離れてしまい御子不在となる場合などには、もし旧宮家の子孫の中に、皇族にふさわしい自覚と品格を備えた適任者がえられるならば、「養子」として宮家を相続できるようにしておく必要があろう。

88 その⑭ 生まれ育った「家の履歴書」

令和二年（二〇二〇）三月号

毎号受贈中の『週刊文春』に「新・家の履歴書」という二〇年も続く好評連載がある。さまざまな分野の著名人が、どのような家で生まれ育ち、どこへ移り住んできたか等が具体的に語られており、その人物を深く知る手懸りとなる。

歴史上の偉人でも、例えば菅原道真の場合、寛平五年（八九三）の「書斎記」などを見ると、平安京の左京五条（現在下京区の北菅大臣神社あたり）に構えていた「山陰亭《さんいんてい》」（紅梅殿《こうばいでん》）は、その一角に『類聚国史』の素材カードを作ったりした書斎があり、廊下で父の代から詩宴を催したり、塾生教育もしていたことがわかる。

また延喜元年（九〇一）に左遷された大宰府の政庁南にあった謫居《たっきょ》（今の榎社《えのき》あたり）で過ごした悲惨な晩年の生活ぶりは、『菅家後集』の漢詩により知ることができる。

さて、私の郷里（岐阜県揖斐郡の農村）の母屋《おもや》は、昭和十一年（一九三六）に父が建てた木造瓦葺である。五年後そこで生まれた私は、母が野良に出ている間、前の藁小屋に名古屋から疎開中の親切なTさん家族に育ててもらった。

一階の玄関脇には牛小屋と鶏舎があり、冬以外ほとんど毎朝と夕方、河原畑などで草を刈ってくるのは、かなりしんどい日課であった。さらに屋内の土間は、奥に竈《かまど》や水甕《みずがめ》などが並び、入口側は外で仕事のできない日の作業場を兼ねていた。周囲の屋敷畑には桑・茶や果樹・野菜・薬草・花などもあり、四季に彩りを添えていた。

その上、家の裏（北）には揖斐川が流れ、表（南）には神明神社が見え、日々おのずから自然の恵みも神々のお蔭も実感することができた。やがて、勤め先の伊勢・東京・京都に仮偶したが、父の戦死後、母が守り続けた家は本籍のまま変えていない。

しかしながら、母の長逝五年後に小田原の新居へ移り住んでから、空き家にすると急に傷んでしまった。そのため、一昨年やむなく取り壊したが、この家の想い出は、末永く大切に伝えていきたい。

※わが家に関する取材記事とイラストが『週刊文春』の「新・家の履歴書」に五月下旬掲載される予定。

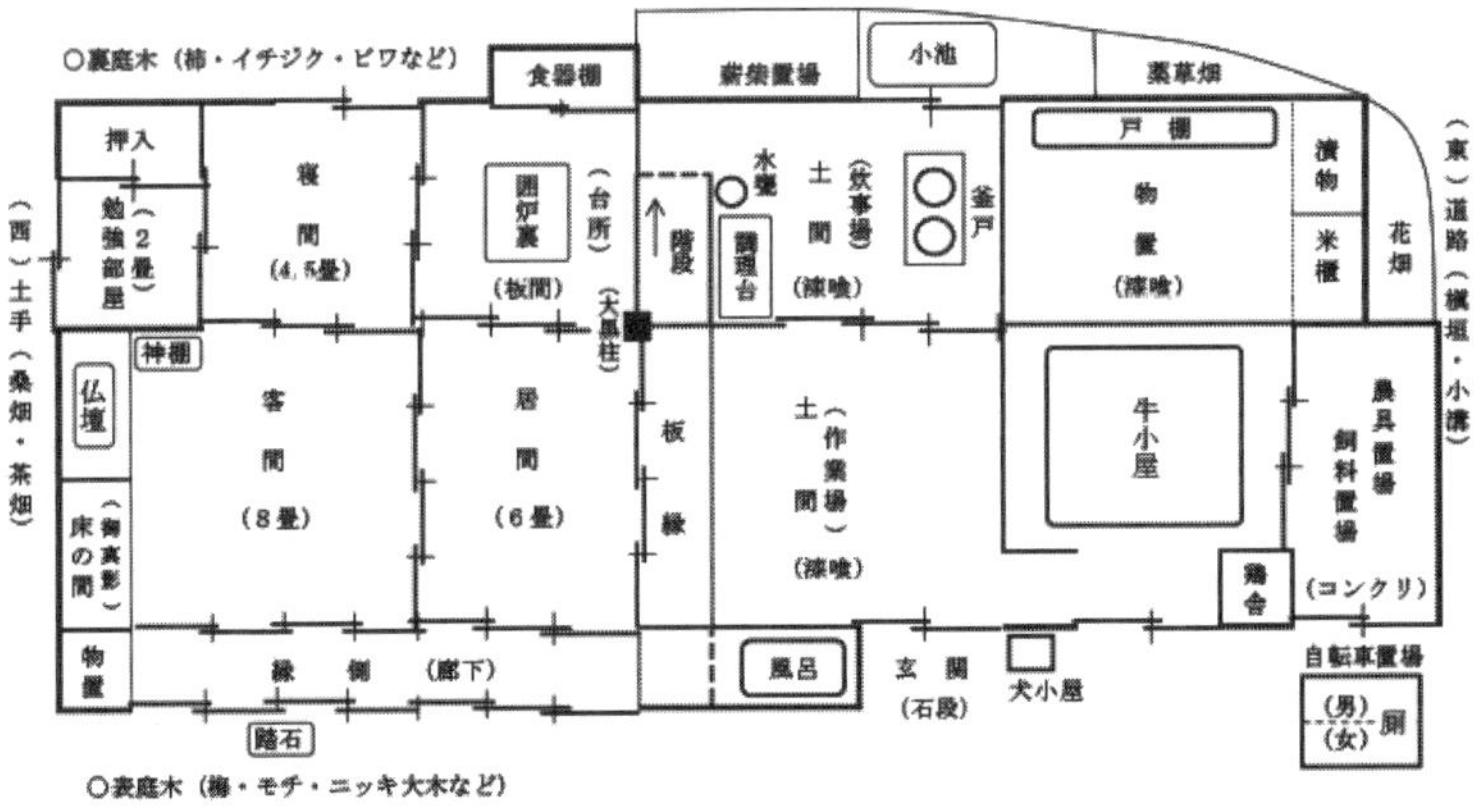

郷里の生家（昭和40年に改装する以前）の一階平面図（二階は衣装部屋・養蚕物置）。岩田享氏入力

あとがき　―わが家の「朝礼」―

「不老長寿」は永らく人類の悲願でした。しかしながら、超高齢化の進む今日、長生きできても幸せとは限らない、むしろ心身ともに不如意となれば辛いことも増えてきます。

わが家の場合、喜寿を超した私は、今のところ何とか元気ですが、結婚して五十一年目の姉女房は、昨年正月早々、急に脳梗塞で倒れ、しかもリハビリ中に直腸癌の大手術をしましたので、終生ストーマを付けなければならない状況です。

これは私にとって甚だ困ったことですが、誰より辛いのは本人だと想われます。しかし、七月末に退院してきてから、意外なことに気付き、新しい生活スタイルを楽しんでいます。

家内の症状は、左脳の梗塞により言語と記憶に障害を生じて、ほとんど話せず字も僅かしか憶い出せないのですが、右脳は健全であり体も動きますから、散歩中に風景や草花を写生したり、私の書いた字を模写したりすることならできます（目次の下のカット参照）。

しかも、毎週来訪する言語療法士の助言に従い、家に居れる日は、ほとんど一緒に向きあい、なるべくお喋りするように努めています。そこで、ふと思い付いて実行しているのは、毎日『月刊朝礼』を一ページ分、私がゆっくり大声で読みあげ、それについて家内が勝手に喋るのです。そのせいか、最近は徐々に会話レベルが上がっています。

ちなみに、この正月十八日（土）、一月号の「お互いさまの社会」という部分を読みました。その後半に「私たちはみんな、この世に生を受けた瞬間から、周囲の人に頼り、お世話になっているのです」から、「迷惑を掛けることも掛けられることも、お互いさま、おかげさまだと思えば、人にも自分にも、優しくなれるのではないでしょうか。さまざまな人が暮らしやすいように、寛容な社会を築くことが大切です」と結ばれています。

それを読みあいながら、そうだ確かに私も、多くの人々に迷惑を掛けてきたし、とりわけ家内に面倒をかけ続けてきたが、それを家内は迷惑とも面倒とも言わず、むしろ自分にしかできない役割であり、生き甲斐とも考えてきたようです。そう思うと、これからは、家内の介護が私の役割であり生き甲斐だ、と感じられるようになれたのです。

このような「お互いさま」「おかげさま」という日本人的（あるいは真の人間的）心遣いを、日常的に実践することも、身近な「日本学」ではないかと思われます。

末筆ながら、本書の刊行を企画されたコミニケ出版の下井謙政社長と編集を担当された橋本直樹氏、およびⅠ・Ⅱ・Ⅲ・付の手書き原稿をデータ入力するために尽力されました岩田享・金谷良子・久禮旦雄・後藤真生・橋本富太郎・橋本秀雄（五十音順）の各氏に対して、あわせて心から感謝の意を表します。

令和二年　庚子（二〇二〇）二月二十三日

所　功

a **『菅原道真の実像』**（臨川書店選書、H14）
a『靖國の祈り遙かに』（神社新報社新書、H16）
a『あの道この径100話』（モラロジー研究所、H16）
a『皇位継承のあり方』（PHP新書、H18）
c『歴代天皇　知れば知るほど』（実業之日本社、H18）
a『歴代天皇の実像』（モラロジー研究所、H21）
d『昭和天皇の学ばれた教育勅語』（原著杉浦重剛、勉誠出版新書、H21）
d『天皇の「まつりごと」―象徴としての祭祀と公務―』（ＮＨＫ出版生活人新書、H21）
c **『皇室事典』**（高橋紘・米田雄介と。角川学芸出版、H21→令和版、角川書店、Ｒ元）
a『野中の歩みと社寺の営み』（私家版、H24）
a『古希随想―歴史と共に七十年―』（歴研、H24）
a『皇室に学ぶ徳育』（モラロジー研究所、H24）
c『古事記がよくわかる事典』（PHP研究所、H24）
a『皇室典範と女性宮家』（勉誠出版、H24）
c『日本の宮家と女性宮家』（新人物往来者、H24）
c **『日本年号史大事典』**（雄山閣、H26）
a『伊勢神宮と日本文化』（勉誠出版、H26）
c『松陰から妹達への遺訓』（勉誠出版、H27）
c『昭和天皇の教科書　国史』（原著白鳥庫吉、勉誠出版、H27）
c『昭和天皇の学ばれた「倫理」』（原著杉浦重剛、勉誠出版、H28）
a『象徴天皇「高齢譲位」の真相』（ベスト新書、H29）
b『元号―年号で読み解く日本史』（久禮旦雄・吉野健一と。文春新書、H30）
c d **『近代大礼関係の基本史料集成』**（国書刊行会、H30）
c d『「五箇条の御誓文」関係資料集成』（原書房・明治百年史叢書、H30）
c『京都の御大礼』（思文閣出版、H30）
c d『三善清行の遺文集成』（方丈堂出版、H30）
c『田中卓先生を偲ぶ』（清水潔と。私家版、H31）
c d『昭和天皇の大御歌』（角川書店、H31）
b『元号読本』（久禮旦雄・吉野健一と。創元社、Ｒ元）
c d『大正大礼記録　絵図・写真資料集』（勉誠出版、Ｒ元）
c d **『光格天皇関係絵図集成』**（国書刊行会、R2）
a『日本学ひろば88話』（コミニケ出版、R2）

※著書以外の論文目録：平成24年（2012）3月までの46年分は『古希随想』に付載した。
それ以後今春（令和2年3月）までの8年分は、ホームページ（http://tokoroisao.jp/）に掲載

著書（a 単著・b 共著・c 編著・d 校注）**目録**

※発行年の元号略称……昭和＝Ｓ、平成＝Ｈ、令和＝Ｒ　（敬称略）

a『**三善清行**』（吉川弘文館人物叢書、初版 S45、新装版Ｈ元）
a『伊勢の神宮』（新人物往来社、S48）→『伊勢神宮』（講談社学術文庫、H5）
a『日本の年号』（雄山閣カルチャーブックス、S52）
d『京都御所東山御文庫本　撰集秘記』（国書逸文研究会、S55）
c『三代御記逸文集成』（国書刊行会、S57）
d『新訂　官職要解』（原著和田英松、講談社学術文庫、S58）
a『**平安朝儀式書成立史の研究**』（学位論文、国書刊行会、S60）
a『日本の祝祭日』（PHP 教養新書、S61）
→『「国民の祝日」の由来がわかる小事典』（PHP 新書、H15）
c『和田英松先生の学恩』（国書逸文研究会、S62）
a『**年号の歴史**―元号制度の史的研究―』（雄山閣、初版 S63 →増補版Ｈ元）
c『図説　天皇の即位礼と大嘗祭』『皇位継承儀式宝典』（新人物往来社、S63・H2）
d『建武年中行事註解』（原著和田英松、講談社学術文庫、Ｈ元）
d『京都御所東山御文庫本　建武年中行事』（国書刊行会、H2）
c『即位儀礼にみる宮廷文化展』（共同通信社、H2）
a『国旗・国歌の常識』（近藤出版社、Ｈ２→新訂版、東京堂出版、H5）
c『礼儀類典』解説書（雄松堂マイクロフィルム出版、H3）
a『歴史に学ぶ』（新人物往来社、H3）→『日本歴史再考』（講談社学術文庫、H10）
d『北山抄』（原著藤原公任、神道大系編纂会、H4）
d『西宮記』（原著源高明、神道大系編纂会、H5）
d『和気清麻呂公の絵像集成』（護王神社奉賛会、H5）
a『京都の三大祭』（角川選書、H8 →角川ソフィア文庫、H27）
a『皇室の伝統と日本文化』（モラロジー研究所、H8）
c『法制・帝國憲法』（原著清水澄、原書房・明治百年史叢書、H9）
b『皇位継承』（高橋紘と。文春新書、H10 →新訂増補版、文春新書、H30）
a『国旗・国歌と日本の教育』（モラロジー研究所、H12）
c『名画に見る國史の歩み』（近代出版社、H12）
c『ようこそ靖國神社へ』（近代出版社、H12 →新訂版、杜出版、R元）
a『**宮廷儀式書成立史の再検討**』（国書刊行会、H13）
c『大正大礼記録』解説書（臨川書店、H13）
a『近現代の「女性天皇」論』（展転社新書、H13）
a『天皇の人生儀礼』（小学館文庫、H13）

所　功（ところ　いさお）

昭和 16 年（1941）12 月 12 日、岐阜県生まれ。
昭和 35 年（1960）3 月、大垣北高等学校卒業
昭和 39 年 3 月、名古屋大学文学部（国史学）卒業
昭和 41 年 3 月、同大学院修士課程（国史学）卒業
昭和 61 年 9 月、法学博士（慶応大学、日本法制史）

昭和 41 年 (1966) 度から 9 年間、皇學館大学文学部教員
（助手・講師・助教授）
昭和 50 年度から 6 年間、文部省教科書調査官（社会科日本史）
※ 53 年度より現在、国書逸文研究会代表
昭和 56 年度から 31 年間、京都産業大学教授（教養部→法学部・法学研究科
→日本文化研究所→法学部・法学研究科）
※同年度から 28 年間、古代学協会古代学研究所（文献課）研究員
平成 18 年 (2006) 度から 6 年間、同志社大学大学院文学研究科兼任講師
平成 24 年度から現在、京都産業大学名誉教授・モラロジー研究所（今春から
客員）教授・麗澤大学客員教授・皇學館大学特別招聘教授など

HP：http://tokoroisao.jp/

日本学ひろば 88話

令和 2 年 5 月 1 日　第 1 刷発行

著　者　所　功

発行者　下井謙政

発行所　株式会社コミニケ出版
〒530-0043　大阪府大阪市北区天満4丁目1-2 コミニケ出版ビル
電話　06-6882-4311　　FAX　06-6882-4312
ホームページ　https://www.kominike-pub.co.jp

印刷・製本　シナノ印刷株式会社

ISBN978-4-903841-17-5